오직 희망만을 말하라

엄홍길의 희망으로 가는 한 걸음

오직 희망만을 말하라

엄홍길 지음

마음의숲

꿈을 이루기 위해 끊임없이 도전한다. 험한 인생의 산에 오르는 더딘 한 걸음이 우리를 꿈의 정상에 좀 더 가까이 데려다 준다. 도전, 희망, 용기로 세상은 밝아진다. 그것은 살아남은 자의 숨과 같은 것이다.

엄홍길

| 저자의 말 |

사람의 산에 오르며 나는 다시 인생을 배운다

지구에서 가장 높고 험준한 히말라야 8,000미터 산 16개 봉우리를 모두 오르고 내려와서 나는 인생이 바뀌어 버렸다. 내가 어떻게, 무엇을 위해 살아야 할지 명확하게 알게 된 것이다. 나는 소외된 계층을 위해 내 일생을 바쳐야겠다는 소명을 갖게 되었다. 그것이 산이 나를 살려서 세상으로 돌려보낸 이유라고 생각했다. 죽비로 영혼을 내리치듯 대자연의 가르침을 분명히 깨달을 수 있었다. 그 가르침은 살아남은 자의 슬픔이 아닌 기쁨으로 내게 다가왔다.

16개 봉우리를 완등하고 돌아와 무척 많은 사람들을 만났다. 암 투병 중인 사람, 장애를 가진 사람, 가난으로 인해 학교에 다닐 수 없는 아이들, 굶주린 아이들, 방황하는 청소년들. 그들은 모두 실의와 좌절에 빠진 사람들이었다.

나는 그들에게 희망을 말하고 싶었다. 희망을 전하고 싶었다. 8,000미터 죽음의 지대에 오르면서 단 한 걸음조차 떼기 힘들었던 절대 고독의 가쁜 숨결 속에서도 내가 놓지 않았고 놓을 수 없었던 희망의 끈을 그들에게 이어 주고 싶었다.

그래서 엄홍길 휴먼재단을 설립했다. 많은 분들이 내 뜻을 전할 수 있도록 도와주기로 한 것이다. 눈물 나도록 고마운 분들이다. 생각해 보면 내 뜻 이전에 그분들의 뜻이기도 한 일이다. 나와 함께 희망의 산에 오르는 분들과 2009년 5월 5일 히말라야 4,060미터 팡보체 마을에 초등학교를 짓기 위해 방문했다. 그리고 2010년 5월 5일. 1년의 시간에 걸쳐 마침내 학교가 준공되었다.

팡보체 마을에 초등학교가 지어질 수 있었던 것은 고산에 오르면서 만나게 된 한 인연 덕분이었다. 삶과 죽음의 경계를 넘나드는 7,000미터 고지에서 유명을 달리한 셰르파가 살던 곳이 바로 지금의 학교가 지어진 팡보체 마을이다. 나는 고산에서 내려오면 언젠가 그곳에 꼭 학교를 짓겠노라고 죽은 셰르파와 히말라야 산신들에게 다짐했다. 그리고 마침내 그 첫 인연과 했던 약속을 지킨 것이다. 나는 '나눔의 삶'을 그곳 팡보체 마을에서 시작하고 싶었다.

이 책에는 내가 세상에서 가장 높은 곳에 있는 오지 마을에 학교를 짓게 된 사연과 그곳 사람들의 순박한 모습, 그리고 소외된 많은 사람들의 삶과 사랑에 관한 이야기가 담겨 있다. 가난하고 외로운 사람들과 함께 산에 오르며 산을 통해 대자연의 품에서 희망을 그리는 사람들의 모습을 담았다.

산은 분명 우리에게 긍정과 희망의 에너지를 준다. 힘들게 산에 오르고 내려오는 사이 우리의 몸과 마음은 알게 모르게 에너지를 얻게 된다. 나는 히말라야 사람들처럼 끝까지 삶을 포기하지 않고 도전하며 희망을 만들어 가는 이야기를 전하고 싶다.

20년 넘게 나는 산에 올랐다. 히말라야에 오르는 동안 많은 셰르파들이 나의 짐꾼이 되어 주었다. 이제 휴먼재단과 함께 나는 세상의 무거운 짐을 지고 가는 사람들 곁에서 그들의 짐꾼이 되어 주고 싶다.

사람들은 저마다 힘겹게 마음속의 산에 오르고 있다. 그들 곁에서 눈보라와 비바람을 이겨 내는 이야기, 빙벽을 오르는 이야기, 춥고 어두운 절대 고독 속에서 외로움을 견뎌 내는 이야기를 들려주며 용기를 북돋아 주고 싶다. 낮게 그리고 느리게.

나의 제2 인생의 산에 오르는 데 도움을 주신 휴먼재단 사람들과 서툰 글을 다듬어 준 도서출판 마음의숲 편집부에 감사의 마음을 전한다.

2010년 5월
엄홍길

차례

| 저자의 말 | 사람의 산에 오르며 나는 다시 인생을 배운다 6

| 제 1 장 |
지상에 베이스캠프를 치다

인생의 베이스캠프 16
희망고도 1미터 26
자연을 지키는 산사람 34
나의 동료 셰르파 42
도전 팡보체! 50
산을 넘는 아이들 58
용기의 날개 68

| 제 2 장 |
세상을 향해 소리치다

세상에서 가장 아름다운 말, 나누다 80
99프로의 절망을 이기는 힘 88
세상은 도전하는 자의 것 96
오직 희망 희망 희망! 104
사막에서 찾은 오아시스 112
꿈을 이룬 친구들과의 만남 120
남자의 자격 126

| 제 3 장 |

넘치지 않는 걸음이 되다

네팔 사람들 136
신에게 드리는 간절한 기도 142
느린 걸음 150
영혼을 담은 목걸이 156
아날로그 인간 162
내가 사랑하는 책 170
나를 밝히는 백야 180

| 제 4 장 |

희망의 날개를 달다

다시 산에 오르는 꿈 188
계속 가고 있다 196
꿈의 히말라야에 오르는 포터 206
그래도 살자 216
오지 사람들의 열정 224
무소유 232
나는 다시 길이 된다 240

엄홍길의 따뜻한 동행 249

| 제 1 장 |

지상에 베이스캠프를 치다

누군가가 어떤 일을 할 수 있느냐고 물으면
그 자리에서 할 수 있다고 답하라.
그리곤 그 일을 어떻게 할 수 있는지 알아내려
최선을 다하라.

시어도어 루스벨트

인생의 베이스캠프

“상상해 보라. 숨 쉬기조차 어려운 자연환경에서 두 달 넘게 지내야 하는 고통은 8,000미터 이상의 고산에 올라 본 사람만이 느낄 수 있을 것이다. 그러나 그곳에 가 보았다고 자만하지 마라. 자연은 인간이 생각하는 것 이상으로 거대하다. 나는 안다. 불가능을 가능하다고 상상할 때 반드시 실현될 수 있다는 것을. 그것은 모두 나의 의지에 달려 있다는 것을….”

이제 더 이상 내가 오를 고산은 존재하지 않는다. 수차례 죽을 고비를 넘기며 살아서 돌아온 것이 지금도 도무지 믿어지지 않는다. 매일 아침 눈을 뜰 때마다 나는 비로소 내가 아직 살아 있음을 실감하곤 한다. 그리고 아직 할 일이 많이 남아 있다고 나 자신을 일깨운다.

통상 고산에 오르기 위해서는 5,000미터 정도에 베이스캠프를 친다. 그 고도에 올라가면 기압이 지상보다 절반으로 낮아진다. 공기가 그만큼 적어지는 것이다. 그리고 8,000미터 가까이 더 올라가면 지상 기압의 3분의 1정도밖에 되지 않는다. 또한 공기의 밀도가 낮고 마찰력이 적어 강한 바람이 불어온다. 그렇게 난공불락인 산을 눈앞에 두고 나는 지난 20년간 베이스캠프를 쳤다.

하지만 이제 나는 더 이상 고산에 오르지 않기에 베이스캠프를 칠 일도 없다. 그렇다고 정상을 향한 나의 도전이 끝난 것은 아니다. 나의 제2 인생을 향한 도전을 시작했기 때문이다. 그것은 바로 '사람의 산'에 오르는 일이다. 인간애를 지향하는 나의 베이스캠프는 지상에 다시 세워졌다.

나에게는 또 하나의 가족이 있다. 네팔에 있는 셰르파들과 그 가족들이다. 특히 함께 등반을 하다가 목숨을 잃은 셰르파의 가족들을 항상 마음에 품고 다닌다.

산에서 내려오면 다시 히말라야를 찾을 일이 없을 것이라 생각했는데 1년에 3~4번은 꼭 오르게 된다. 그때마다 만나는 셰르파의 가족들을 보면 아직도 가슴이 저린다. 나와 함께 산에 오르다 유명을 달리한 그들이 생각나기 때문이다. 그러나 한편으로 그들이 남기고 간 아이들이 꿋꿋하게 자라는 모습을 보면 마음이 든든해지며 위안이 되기도 한다.

히말라야에 들어서면 늘 유가족들을 부른다. 3,000미터쯤에 있는 마

나이 든 노모는 금방이라도 눈물을 흘릴 것 같다. 나는 두 손을 모아 인사를 건넨다. 고작 서너 마디 말을 주고받을 뿐 우리는 마음속에 묻어 둔 슬픔을 꺼내 놓지 않는다. 나의 친구이자 셰르파였던 술딤 도르지의 죽음은 20년이 지난 지금도 우리에게 생생한 오늘이기 때문이다.

을로 그들을 불러 함께 산행한다. 그들은 현지에서 포터를 하며 살아가고 있는 남녀들이다. 생활비를 마련할 길이 없는 그들에게 조금이나마 보탬이 되기 위해 나는 그들을 짐꾼으로 고용한다. 20여 년간 함께 산에 오르며 쌓인 유대감이 그들과 나 사이에 눈빛으로 전해진다.

지금은 그렇지 않지만 사고 당시 셰르파의 가족들은 슬픔을 이기지 못해 소리를 지르며 나를 집 안에서 내쫓기도 했다. 그래도 나는 쉴 새 없이 그들의 집에 찾아가 무릎을 꿇고 머리를 조아리며 한없이 죄송하다고, 죽을죄를 지었다고 사과하는 수밖에 없었다. 그렇게 하는 것 말고는 그들의 마음을 위로할 방법을 찾을 수 없었다.

자식을 잃은 슬픔, 남편을 잃은 슬픔, 부모를 잃은 슬픔을 나는 그때도 지금도 알지 못한다. 그러나 나는 동료를 잃은 슬픔은 뼈저리게 느껴 보았다. 그렇기에 그들의 아픔을 함께 나누려고 노력했던 것 같다. 산에 오르다가 사고가 난 그 상황에서 잘잘못을 따질 수는 없다. 그것은 말도 안 되는 일이다. 그러나 무조건 우리는 팀이었다는 생각에 모든 잘못에 대한 용서를 구하는 것만이 내가 유가족들에게 할 수 있는 최선이라고 생각했다.

시간이 흘러 유가족의 마음이 차분해졌을 무렵 나는 다시 그들을 찾아가 사고가 일어났던 상황을 자세히 설명했다. 조금이라도 마음이 편해지고 싶어서였다. 유가족들은 참담한 표정으로 나의 이야기를 들었다. 나는 가족들의 마음을 전부 헤아릴 수 없었다. 그래서인지 발길을 돌려 하산할 때에도 마음이 편치 않았다. 더 씁쓸하고 무겁기만 했다. 그날의 참담했던 기억은 그들에게 익숙해질 수 없는 상처일 것이다. 아마도 평생 가족의 죽음에 대한 슬픔을 입 밖으로 뱉지 못한 채 살아갈 것이라 생각한다.

나는 지금도 동료들의 이름을 되뇐다. 그리고 남은 가족들을 위해 내가 할 수 있는 일이 무엇일까 고민하고 고민하던 나는 그들을 끌어안기 위한 노력을 시작했다. 인간으로서 처음으로 신의 영역인 히말라야 16개 봉우리를 모두 밟았고, 그곳에 오르며 나는 한껏 몸을 낮췄다. 산이 나를 안아 주기를 끈질기게 기다렸다. 그렇듯 이제는 내가 사람의 산에 오르며 나의 몸을 한껏 낮추고 있다. 산이 나를 안아 주었던 것처럼, 나를 받아 주었던 것처럼, 이제 내가 힘겹고 어려운 사람들을 힘껏 끌어안아 줄 것이다.

그리하여 나는 생활환경이 열악한 히말라야 산간마을에 학교와 병원을 짓고 그들의 낙후된 환경을 개선하는 일을 하고 있다. 지난 20여 년 동안 8,000미터가 넘는 산에 오르며 나는 제2의 인생 목표를 그렇게 살고자 정했다. 내가 도전해야 할 새로운 산, 내가 세운 8,000미터 17좌 휴먼재단 산에 오르는 중이다. 살아남은 자로서, 영원한 산사람으로 남는 길을 내 안에서 찾은 것이다.

나 스스로가 좋아서 산에 올랐다. 목숨이 걸려 있는 일이기 때문에 진정으로 좋아하지 않으면 도전할 수 없다. 그처럼 나는 지금 인생의 산에 오르고 있다. 고산에 오르는 일처럼 위험하지는 않지만 사람 산에 오르는 것 또한 만만치 않은 일이다. 하지만 산에 오르듯 단단한 각오로 나는 지금 또 다른 꿈을 향해 도전하고 있다.

숱한 사람들이 나에게 히말라야 중독이라고 말한다. 물론 나는 지금도 히말라야가 무척 그립다. 다시 가고 싶고 오르고 싶다. 하지만 이제 지상에 베이스캠프를 치고 이곳에서 해야 할 일들을 하나씩 이루어 가고 있다. 세상의 산에서 새로운 등반을 시작하며 산이 아닌 사람을 만난다. 아픔과 좌절을 겪어야 하겠지만 그것은 모두 희망을 끌어안는 일이 될 것이라고 믿는다.

죽을 고비를 숱하게 넘겼던 것처럼, 모두가 불가능하다고 했던 고산에 모두 오른 것처럼 내 가슴에 품었던 희망과 꿈을 기억하며 꿋꿋이 밀어붙일 것이다. 작은 실수도 허락하지 않는 고봉에서 나는 살아남았다. 산이 살려 주었으니 좌절과 고통이 밀려와도 신념과 의지를 가지고 계속 도전하며 꿈을 향해 걸어갈 것이다. 내 안에 멈추지 않는 꿈, 희망, 자신감을 많은 사람들과 나누고 싶다.

나는 알고 있다. 이 세상이 희망이며 우리가 정작 행복을 누려야 할 곳이 사람과 사람이 존재하는 바로 이 땅이라는 것을. 사람의 산에 오르기 위한 베이스캠프는 바로 이곳이다.

누군가 내게 이렇게 물었다. 사람 산에 오르는 일이 힘들지 않느냐고. 그에게 나는 이렇게 대답했다.

“인간관계가 중요하겠죠. 산이야 저 하기에 달린 거예요. 산은 항상 원하는 대로 되는 건 아니지만 어쨌든 순응하면 됩니다. 안될 때 포기하면 후회가 없어요. 그런데 인간관계나 이 사회에서는 그게 잘 안됩니다. 그래도 저는 계속 도전할 겁니다. 사람과 자연은 그 뿌리가 하나라고 생각합니다. 그래서 저는 계속 가야 합니다. 내가 살아 있는 동안 나는 사람을 향해 계속 걸어갈 것입니다.”

위대한 사람은 단번에 그와 같이 높은 곳에 뛰어오른 것이 아니다.
동료들이 밤에 단잠을 잘 적에 일어나서 괴로움을 이기고
일에 몰두했던 것이다.
인생은 자고 쉬는 데 있는 것이 아니라
한 걸음 한 걸음 앞으로 나아가는 그 걸음 속에 있다.

로버트 브라우닝

희망고도 1미터

2009년 5월 3일.

3,790미터 히말라야 쿰중 힐러리 학교까지 올랐다. 나는 그곳을 지날 때마다 이렇게 다짐하곤 한다. 히말라야 산간마을에 살고 있는 아이들에게 1프로의 희망이라도 꿈꾸게 해 주겠다고….

에드먼드 힐러리.

그는 에베레스트 산 최초 등정자다. 항상 희망과 용기를 이야기하는 산악인이었던 그가 남긴 말이 있다.

"꿈이 있는 사람은 실패해도 좌절하지 않는다."

양봉업자의 아들로 태어나 뉴질랜드 타우카우라는 작은 마을에서 자란 힐러리는 말수가 적고 조용한 아이였다. 2시간 거리에 있는 학교를 힘겹게 오가며 그는 넓은 세상과 만나 모험을 하고 싶다는 꿈을 품었다. 열여섯 살이 될 무렵 뉴질랜드 화산 중에 하나인 루아페후 산으로 소풍을 갔던 힐러리는 산소가 부족한 고산에 오를 때 자신이 남들보다 고통을 잘 참고 견딘다는 사실을 알게 되었다. 3,000미터 이상의 고산에 오를 때 대부분의 사람들에게 찾아오는 고산병을 힐러리는 잘 견뎌 낸 것이다. 그 후 자연의 위대함에 매료된 힐러리는 전문 산악인의 길을 걷기 시작했다.

1940년 초, 에베레스트 산 등정에 도전했던 힐러리는 실패의 고배를 이렇게 표현했다.

"산아, 자만하지 마라. 너는 이미 성장을 멈추었지만 나는 계속 성장하고 있다. 나는 다시 돌아온다. 그리고 반드시 정상에 설 것이다."

그리고 약 10년 후, 해발 8,848미터인 세계 최고봉 에베레스트 산 정상에 첫발을 내딛은 산악인이 되었다.

당시 히말라야에 오르며 보고 느낀 네팔 현지 상황이 얼마나 열악한지 깨달은 힐러리는 이후 그들을 돕는 일에 앞장서게 되었다. 가난에 허덕이는 산간마을 사람들을 위해 자신이 가진 모든 것을 내놓았다고 해도 과언이 아니다. 네팔을 돕기 위한 재단을 설립하고 병원과 학교를 짓는데 평생을 바쳤다.

이미 세상을 떠난 에드먼드 힐러리는 가장 높은 곳에 오르고도 가장 낮은 겸손한 마음을 가진 산악인이었다. 그는 자신의 인생을 이렇게 평했다. "산악인으로서 명예를 얻은 것보다 네팔을 도울 수 있었던 것이

쿰중에 있는 힐러리 학교는 나에게 아이들을 새로이 바라보게 해 주었다. 세계 여느 학교의 아이들과 모습이 다르지 않은 힐러리 학교의 아이들은 그곳에서 꿈과 희망을 키워 가고 있다. 오지 마을에 살고 있는 아이들의 꿈이 히말라야로 향하는 깊은 산속 마을에 터를 잡게 했는지도 모른다.

나의 인생에서 가장 자랑스러운 경험이었다." 라고.

나는 힐러리를 존경한다. 그는 인생의 절반을 히말라야에서 보냈으며 또 하나의 에베레스트를 세웠다. 네팔 곳곳에는 힐러리가 지은 학교와 병원, 다리와 비행장을 비롯해 열악한 네팔 사람들을 돕는 시설들이 있다. 그는 이타적인 여생을 보내다 간 사람이었다.

누군가 나에게 그의 뒤를 좇으라고 권하지는 않았지만 20년 동안 히말라야에 오르내리며 어느새인가 나는 그와 비슷한 일을 하게 될 것이라는 깨달음을 얻게 되었다. 그것은 바로 살아남은 자로서 나눔을 실천하는 일이다.

힐러리가 남긴 말 중에 이 말은 나의 마음을 가장 크게 울렸다.

"뛰어난 사람만 인생을 잘 살 수 있는 게 아니다. 중요한 것은 동기다. 진정 무언가를 원한다면 온 마음을 다해 뛰어라."

3,000미터 높이에 위치한 쿰중은 히말라야로 오르는 유일한 통로다. 에드먼드 힐러리가 지은 학교가 있는 이곳을 지날 때면 나는 힐러리의 마음을 되새긴다. 오지의 아이들에게 교육의 기회를 주고 싶었던 그의 바람이 담긴 곳이라서 그 마음이 더욱 크게 다가오는 것인지도 모른다.

처음 쿰중을 지나칠 때는 길게 줄지어 있는 학교의 돌담을 보며 혹시 사원이 아닐까,라는 생각이 들기도 했다. 그리고 교실 건물은 온통 흰색으로 칠해져 마치 히말라야의 설산을 보는 듯했다. 학교의 경계를 표시해 둔 돌담이 둘러진 부지에 비하면 교실은 턱없이 부족해 보이기도 했지만 운동장이 넓은 것은 아이들이 뛰어놀 수 있는 공간을 마련하

세상에서 가장 맑고 밝은 것이 있다면 그것은 아이들의 모습에서 비롯된 것이 아닐까. 가진 것이 조금 부족하고 먹을 것이 모자라도 아이들이 맞이하는 하루하루에는 매일 떠오르는 태양처럼 빛나는 웃음이 있다.

기 위해 배려한 게 아닌가 싶었다.

힐러리 학교의 아이들은 수업 시간에 맞춰 고산에 오르지 못하는 선생님들을 기다리는 일을 수없이 반복한다. 교실에서 선생님을 기다리던 아이들과 눈인사를 나누며 지나쳤던 적이 여러 번 있었다.

히말라야에 오를 때면 매번 지나쳤던 길이지만 학교 내부를 꼼꼼하게 살피기 시작한 것은 16좌를 마친 후부터다. 고산에 오르는 일에 온 정신을 쏟았던 터라 다시 꼭 편안한 마음으로 찾겠다는 다짐을 하며 쿰중을 지나쳤다.

한 교실에서 수업을 받는 아이들은 모두 20명 미만이다. 학년을 나누어 놓지 않은 듯 학생들의 나이 차를 한눈에 알아볼 수 있다. 추위에 얼고 녹기를 반복해 붉은 핏줄이 오른 아이들의 볼을 보면 안타깝기도 했지만 더 높은 산간마을에 사는 아이들에 비하면 학교에 다닐 수 있다는 것만으로도 행복한 듯 보였다.

나는 아이들의 맑은 눈과 밝은 웃음을 보며 그들의 미래를 조심스럽게 짐작해 본다. 나이가 들어 좀 더 넓은 세상으로 나갈 때쯤이면 오늘의 교육은 그들에게 꼭 필요한 꿈을 갖게 해 줄 것이라고. 그곳을 수십 번도 더 오르내리며 마음속에 깊이 새긴다. 배움은 그 끝이 없다는 사실을… . 20년 전에도 그랬듯이 20년 후에도 나는 오지 산간마을에 학교를 짓고 사람들을 도우며 살겠다고…. 그렇게 나의 희망고도는 8,848미터 에베레스트 정상이 아닌 1미터도 채 되지 않는 아이들의 눈높이에서 시작되었다.

귀 기울여 듣는 힘은 매우 간단하다.
만약 우리가 어린아이의 말이나 강물, 음악, 폭포수
또는 샘물 소리에 귀 기울인다면,
우리가 진심으로 귀 기울여 듣는다면,
그때 우리는 넉넉하게 그 순간을 사는 것이고
그 순간의 힘인 삶의 힘과 생생하게 연결되는 것이다.

마이클 로즈

자연을 지키는 산사람

2009년 2월. 히말라야에 오른 나는 놀라지 않을 수 없었다. 1년 중 가장 춥고 엄청나게 눈이 쌓여 있어야 할 히말라야의 날씨는 초봄이었다. 순간 긴장하지 않을 수 없었다. 1985년부터 장장 20년 넘게 매년 1~2번씩 히말라야를 찾았으나 그렇게 따뜻한 날씨는 처음이었다.

히말라야는 추워야 하는 곳이다. 눈이 쌓여 있어야 한다. 그래야 지구가 안전하다. 그런데 지금 히말라야는 무척 따뜻하다. 만년설이 녹고 있다. 지구가 위험하다는 신호를 보내는 것이다. 눈과 얼음이 녹으며 계곡의 물이 불어나고 산사태가 자주 일어나고 있다. 그 탓에 마을이 고립되고 빙하호가 터져서 홍수 피해까지 입고 있는 실정이다.

반면 일부 마을에서는 가뭄에 허덕이고 있다. 지구를 뜨겁게 달구는 공장과 자동차는 찾아보기도 힘든 히말라야 산간마을 사람들은 영문도 모른 채 환경 피해를 입고 있다.

지구온난화로 인해 히말라야의 눈과 빙하만 녹아내리는 것이 아니다. 얼마 전 방영된 다큐멘터리 〈북극의 눈물〉을 보고 나는 눈물을 흘렸다. 풀과 나무 열매로 허기를 달래며 배고픔에 시달리는 북극곰, 녹아 버린 얼음 위를 건너다 익사하는 순록, 빠른 속도로 녹고 있는 빙하 때문에 사냥을 포기하는 에스키모들. 우리는 그저 "쯧쯧, 불쌍하다."며 관전할 뿐이다.

〈북극의 눈물〉 이후에 방영된 〈아마존의 눈물〉도 안타까움을 자아냈다. 지구의 허파라고 할 수 있는 아마존이 문명으로 인해 파괴되어 목초지로 바뀌고 있다. 전문가들은 아마존의 밀림이 향후 30년 안에 40퍼센트가량 줄어들 것으로 예상하고 있다. 그렇게 되면 지구 산소 공급량의 10퍼센트가 감소한다고 한다.

지구의 자연, 바람과 공기, 눈과 비, 그리고 구름과 하늘을 나는 잘 알고 있다. 히말라야 8,000미터 고산에 오르며 바람의 냄새를 맡고 비가 언제쯤 내리고 그칠지 짐작할 수 있게 되었다. 나는 그것들과 마치 대화를 나누었던 것 같다. 산에서 만난 나의 친구들처럼 아주 가깝게 지냈다. 그런데 그 친구들이 녹고, 더워지고, 사라지는 것을 더 이상 두고 볼 수 없는 일이다.

사람의 산에 오르고 있다. 그리고 사람의 산에 오르는 또 하나의 방법을 찾았다. 지구 환경을 지키는 파수꾼이 되는 것이다. 나는 엄홍길 휴먼재단과 함께 환경 파괴와 기후변화의 심각성을 알리는 운동을 해야겠다고 결심했다. 내가 목격한 환경이 파괴되어 가는 광경과 기후변화의 심각성을 모든 사람들에게 알려야겠다는 생각에서다.

더 이상 히말라야와 북극, 아마존이 눈물을 흘리게 해서는 안 된다. 산이 나를 살려 보내지 않았다면 벌써 땅속에 묻혔을 목숨이고, 산이 존재하지 않았다면 지금 나 또한 없었을 테니 사람을 위해 살아야겠다. 자연을 위해 살아야겠다.

산을 지키는 일을 시작한 나는 환경운동가로 탈바꿈했다. '히말라야의 눈과 빙하가 녹아내리는 광경을 보고 안타까워서 환경운동가가 되었다는 엄홍길 대장'이라는 카피를 내건 TV 광고를 본 사람들이 나에게 물었다.

"산악인에서 환경운동가가 되셨다면서요?"

맞는 말이다. 내게 꿈과 도전 정신을 심어 주었고 남다르게 살 수 있는 기회를 준 히말라야의 환경이 파괴되며 눈물을 흘리고 있는데 어찌 가만히 두고 볼 수 있겠는가. 자연이 웃어야 하지 않겠는가. 그래야 자연과 더불어 사는 사람들도 웃고 세계도 웃을 수 있지 않을까.

지난 2008년, 매주 월요일 저녁마다 약 10주에 걸쳐 진행된 〈기후변화 리더십 강좌〉를 들었다. 기후변화를 둘러싼 글로벌 정세, 기후변화 협약 대응 전략, 기후변화와 금융, 대체에너지의 미래와 신성장동력 등을 주제로 한 강연을 들으면서 나는 더욱 환경운동가로 앞장서야겠다는 생각을 했다. 그리고 자연보호를 실천하는 데 발 벗고 나섰다.

강의에 참석한 분들은 대부분 재계와 학계 분들로 나이가 꽤 많았는데도 불구하고 학구열에 불타 지구온난화의 심각성에 대해 더 자세히 알기 위해 진지하게 강의에 임했다.

홍종호 한양대학교 경제금융대학 교수, 김재윤 삼성경제연구소 상무, 정준양 포스코 회장 등 전문가뿐만 아니라 이만의 환경부 장관, 이재훈 지식경제부 차관, 하영제 산림청장 등 정부 부처 대표들도 강사진으로 초청되어 기후변화와 관련된 이론과 현장의 목소리를 들려주었다. 10주간의 강의는 내게 환경의 중요성을 인식할 수 있는 큰 공부가 되었다.

수료식 날 CEO 61명이 저탄소 경영 실천을 선언했다. 기업이 먼저 저탄소 경영을 실천해야 한다는 의미가 담겨 있었다. 시골 분교에서 아이들을 가르쳤던 섬진강 시인 김용택 선생도 함께 수료했다.

빙하나 만년설이 녹아 바다로 흘러들면 바다는 태양빛을 더욱 빨아들여 온도가 올라가며 바닷물이 팽창되어 해수면이 상승한다. 우리나라 해수면은 30년 후에 22센티미터쯤 올라갈 것으로 추정하고 있다. 그러면 바닷가 저지대는 물에 잠기게 되는 것이다.

100년 동안 지구의 평균 온도는 섭씨 0.5도 정도 높아졌다. 만약 앞으로도 지금처럼 이산화탄소를 방출한다면 100년 후에는 최대 6.4도까지 기온이 올라가게 된다. 그렇게 된다면 산림은 모두 화재로 불타고 사람들은 열사병으로 죽게 될 것이다. 지구상의 동식물이 거의 멸종된다는 결론에 도달한다.

심각하다. 그런 의미에서 기업인들이 앞서 저탄소 경영을 실천하자고 선언한 것은 참으로 뜻깊은 일이다. 기업만이 아니다. 이제는 개개인이 모두 환경운동가가 되어야 한다. 아주 작은 일부터 실천해야 한다. 겨울에는 내복을 입고 난방을 줄이며, 여름에는 에어컨의 사용을 자제해야 한다. 에어컨은 더위를 식히기 위해 만들어진 가전제품인데도 불구하고 지구를 더 뜨겁게 달구고 있다.

가까운 거리는 자전거를 타고 이동해야 한다. 쓰지 않는 전기 코드는 뽑아 놓고, 가능하면 신재생 에너지를 개발하고 사용해야 한다. 풍력, 태양열, 천연가스, 수력, 연료, 전지, 바이오 연료 등. 이제 지구인 모두 환경운동을 실천해야 할 때다.

문득 나의 어린 시절이 떠오른다. 나는 가족들과 함께 원도봉산 중턱에 살았다. 전기가 들어오지 않아서 흔들리는 호롱불에 의지해 책을 읽어야 했다. 겨울이면 매서운 바람이 방 안에 스며들어 온몸이 시렸고, 학교에 가려면 40여 분간 산을 타야 했다. 그때는 산이 그렇게 싫고 미울 수가 없었다. 그런데 지금 나는 산사람이 되었다. 그토록 산을 원망하던 내가 한국에서 아니 세계에서 알아주는 산사람이 되다니, 참으로 신기한 일이다.

산이 없었으면, 하고 바랐던 어린 시절로 돌아간다면 나는 자연을 보호하려고 이만큼 애쓰지 않았을 것이다. 그러나 산사람이 되어 자연이 얼마나 소중한지 알고 난 지금은 앞장서서 자연의 수호자가 되려고 한다.

누구나 나와 같은 마음으로 자연을 보호하는 길로 걸어가길 바란다.

자연을 잠시 후손에게 빌려 쓰고 있다고 여기며 소중히 생각한다면 히말라야와 북극, 아마존이 다시 눈물을 흘리는 일은 없을 것이다. 자연이 인간의 것이라고 착각해서는 안 된다. 자연은 이 땅의 모든 생명체를 위한 터전이기 때문이다.

아무리 충만한 등반을 하였다 하더라도
산에 함께 오른 동료와의 우정이 없다면
그것은 무미건조한 일이다.

가스통 레뷔파

나의 동료 셰르파

히말라야 에베레스트 지역의 산으로 진입할 때면 늘 함께 동반하는 동물이 있다. 바로 야크다. 해발고도 6,000미터 이하의 황량한 스텝(Steppe) 지역에서 서식하는 야크는 흑갈색을 띠고 있는 뿔을 지닌 소다. 크기는 약 3,250밀리미터 정도되며, 몸무게는 300킬로그램에서 1,000킬로그램에 육박할 정도로 거대한 동물이다. 머리 뒤 어깨 부근에 혹이 높이 솟아 있는 것이 특징인 야크는 땅에 닿을 듯 말 듯한 긴 털을 지니고 있다.

수술 장식처럼 길게 이어져 옆구리를 덮은 야크의 털을 볼 때면 짐승이지만 점잖고 느린 것이 마치 산신의 모습을 닮은 듯하다. 얼음이나 눈으로 수분을 섭취할 때면 그 모습은 더욱 산신을 빼닮았다. 둔하고 느린 듯 보이지만 튼튼한 다리로 안정감 있게 히말라야에 오르는 모습을 보면 산에 오르는 유일한 동물의 늠름한 기상이 느껴진다.

나는 매번 히말라야를 찾을 때마다 묵묵히 짐을 싣고 고산에 오르는 야크를 보며 셰르파와 닮은 점을 발견하고는 했다. 야크의 순박한 모습은 가족들을 위해 산에 오르는 셰르파들의 마음과 많이 닮았다. 말없이 고산에 오르는 셰르파에게는 야크의 묵묵함과 지치지 않는 힘이 느껴진다.

이제는 에베레스트와 산악인들을 말할 때 셰르파는 익숙한 단어가 되었다. 히말라야 근방 산악 계곡 지대에 거주하는 셰르파는 부족의 이름에서 유래된 말이다. 이들은 1953년 뉴질랜드 인 에드먼드 힐러리와 함께 인류 역사상 처음으로 에베레스트 정상에 오른 셰르파 텐징 노르가이를 시작으로 그 이름을 세상에 알리기 시작했다. 바로 고산 등반 가이드로 말이다.

셰르파란 동쪽에서 온 사람이라는 뜻을 지니고 있다. 셰르파족은 16세기 티베트 동부 캄 지방에서 에베레스트 남쪽으로 넘어왔다고 한다. 언어, 복장, 종교, 생활 풍습이 티베트 인과 비슷하게 닮아 있는 그들이 고산 가이드로 인기를 얻기 시작한 것은 20세기 초다. 셰르파족 일부가 인도 다르질링 지방에서 공사판 노동자로 일하고 있을 때였다고 한다. 마침 등반을 준비하기 위해 다르질링을 찾은 영국 등반대가 고산 기후에 익숙한 그들을 가이드로 고용하기 시작했던 것이다.

히말라야 등반 거점인 솔루, 쿰부 지역의 셰르파족은 약 1만 명 정도 된다. 그들은 아직까지 전통적인 생활 방식을 유지하며 살아가고 있

등짐을 지고 산에 오른다. 산악인처럼 전문화된 장비를 갖춘 것이 아닌 벌거벗은 맨몸으로 무거운 짐을 지고 산에 오르는 것이나 마찬가지다. 등과 이마에 버거운 짐을 지탱하기 위한 끈을 연결해 온몸으로 무게를 분산시킨다. 야크의 튼튼한 다리와 늠름한 기상이 떠오른다. 그들은 야크처럼 묵묵히 꿋꿋하게 산에 오른다.

다. 보통 야크와 소, 그리고 야크와 소의 교배종인 접교를 키우며 감자 농사를 지어 생계를 유지해 나가고 있다. 자동차나 자전거도 없는 고산에서 그들의 유일한 교통수단은 야크다. 산비탈을 깎아 계단식 밭을 만들고 감자를 키우는데 그곳 농작물을 실어 나르는 것도 야크의 몫이다.

해발 3,450미터의 남체 바자르는 쿰부의 중심지로 매주 토요일에 장이 선다. 감자, 야채, 육류, 쌀, 전통 의상뿐 아니라 카트만두에서 공수해 온 콜라, 사이다, 맥주, 등반 용품까지 그곳에서 판매된다. 셰르파들은 그곳에 농작물을 내다 판 돈으로 필요한 물품을 산다. 하지만 감자 농사만으로는 생계를 유지하는 데 많은 어려움이 있다.

셰르파들은 초등교육을 받았다고는 하지만 인근에 학교가 없는 탓에 보통 1시간 정도 산에 오르내려야만 학교에 도착할 수 있는 환경에서 자란다. 그러나 집안일을 돕기 위해서 초등교육마저 포기하는 셰르파들도 많다. 농사일을 돕거나 히말라야로 향하는 짐꾼 노릇을 하며, 때로는 주방 보조로 일하는 생업 전선에 투입되기도 한다.

이처럼 경제적인 어려움으로 인해 많은 셰르파들이 고산에 오른다. 8,000미터급의 산길 안내자 역할을 자처하는 것이다. 목숨을 담보로 벌어들인 돈을 모두 가족들에게 가져다주기 위해서다. 셰르파의 부모는 늘 위험한 일을 하고 있는 자식들을 걱정하며 산에 오르는 일이 아닌 집에서 농사를 짓고 살자고 말한다. 그러나 셰르파들은 주방 보조나 요리를 한다고 둘러대고 집을 나와 고산에 오른다고 했다. 혼자가 아닌 팀으로 산행을 하니 안전하다며 걱정하지 말라고 가족들을 안심시키는 것이다.

나는 그들의 모습을 볼 때면 매번 무거운 짐을 싣고 산에 오르는 야크를 떠올린다. 그들이 말하는 진정한 팀이란 과연 무엇일까 생각해 본다. 고산으로 향하는 그들의 짐을 조금이나마 덜어 줄 수 있는 방법은 없을까.

에베레스트 등반 도중 사망한 사람의 3분의 1가량이 셰르파다. 가난한 목동의 아들로 태어나 세계 최초로 에베레스트 정상에 오른 이들이 셰르파다. 그러므로 이들이 히말라야 최고의 영웅이다. 1993년 네팔 여성 최초로 에베레스트 정상에 오른 파상라무는 비록 하산 길에 악천후로 사망했지만 그의 이름은 네팔 곳곳에 남아 있다. 또한 2004년에는 셰르파 펨바도르지가 8시간 10분 만에 에베레스트에 올라 최단 시간 등정 기록을 세우기도 했다.

동료인 셰르파들의 죽음이 헛되지 않도록 나는 계속 그들을 지원하고 도울 생각이다. 단지 히말라야의 짐꾼이 아닌 셰르파도 등반가임을 세계에 알리는 일을 계속할 것이다. 그리고 에베레스트 정상에 오른 기쁨을 나누는 일을 함께할 것이다.

100년 가까이 히말라야 산악인의 동반자였던 셰르파를 기억하는 사람은 아무도 없다. 그러나 나는 그들을 기억한다. 야크처럼 강인하고 순수한 눈빛을 가진 그들의 순고한 영혼은 히말라야 전역에 영원히 기억되어야 한다. 누구보다도 히말라야에 오르는 산악인들은 셰르파들이 동료라는 사실을 결코 잊지 말아야 할 것이다.

내가 오르려는 길이 아무리 험난할지라도
이 길이 절벽이 아니기에
나는 이 길을 헤쳐 나갈 수 있다.

에이브러햄 링컨

도전 팡보체!

그동안 나는 산에 오르며 도전하는 자만이 실패와 좌절을 알게 되며, 성공의 기쁨도 느낄 수 있다는 사실을 깨닫게 되었다. 그리고 지금 나는 산에서 지녔던 불굴의 도전 정신을 모든 사람들과 함께 나누는 일을 시작했다. 그 첫 번째 도전은 히말라야 4,060미터에 초등학교를 짓는 일이다.

엄홍길 휴먼재단을 설립하고 첫 사업으로 오지 산간마을에 학교를 짓는 일을 시작했다. 인연이 시작된 장소는 나와 등반을 하다 추락사한 술딤 도르지가 살던 히말라야 팡보체 마을이다. 나는 그에게 빚을 졌다고 생각했다. 그래서 그가 살던 마을에 초등학교를 지어 자라는 아이들에게 꿈과 희망을 전해야겠다는 결심을 하게 되었다.

무엇보다 산간마을에서 교육의 기회를 잃은 아이들을 위한 학교와 의료 시설을 지원하고, 세상을 살아가는 데 큰 힘이 될 도전 정신과 모험심, 호연지기를 기를 수 있도록 해 주고 싶었다.

히말라야의 8,000미터급 산에 38번 올랐고, 20번 등정했다. 그리고 18번의 실패로 고통을 맛보았다. 그러면서 나는 산을 오르는 것만큼 중요한 또 하나의 목표가 생겼다. 그리고 나의 목표를 이루기 위한 과정을 하나하나 그려 보기 시작했다.

'이제 산을 내려와야 할 때인가?'

'산을 내려와 무엇을 해야 하나?'

'내가 이룬 것을 다시 누군가에게 돌려주는 일을 시작해야 할 텐데….'

고민하며 나날을 보냈다. 그리고 히말라야의 산신이 나를 살려 준 것이 진정 나에게 아직 할 일이 남아 있어서라면 지체 없이 나 또한 보답을 해야 한다는 결론을 내렸다.

그동안 고산에 오르며 수많은 사고를 겪었다. 심하게 다치기도 했지만 나와 함께 등반하던 동료들을 잃은 슬픔이 더 컸다. 하지만 나는 지금까지 살아 있다. 기적이라고밖에 달리 표현할 길이 없다. 이 은혜를 어떻게 갚아야 하나.

나는 은혜를 베풀기 위해 다시 히말라야로 들어갔다. 나의 산행에 도움을 주었던 가족들의 삶을 먼저 들여다보게 된 것이다.

나의 사람들과 함께 오른다. 고산에 오를 때처럼 위험하지 않아도 고난은 있을 것이며, 당장 드러나는 기쁨이 없어도 미래에 대한 꿈이 생겨날 것이라 믿는다.

2009년 5월 5일.

어린이날을 기념해 히말라야 팡보체 마을에 올랐다. 휴먼재단 설립 이후 첫 행사인 만큼 많은 분들이 따뜻한 마음을 모아 함께 참석해 주었다. 재단 사람들은 꼬박 4일 동안 산행을 했는데도 불구하고 피곤한 내색을 보이지 않고 매일 같이 "도전 팡보체!"를 외치며 올랐다.

세계 최초로 가장 높은 곳에 세워지는 팡보체 초등학교는 2동의 건물에 교실과 강당, 양호실, 화장실 등을 갖춘 현대식 건물로 준공될 예정이었다. 나는 세계 최고봉인 에베레스트로 향할 때마다 그곳의 열악한 환경을 보며 고산 지역의 어린이들이 안쓰러웠다. 그래서 16좌 등정을 끝내고나면 꼭 그곳에 초등학교를 세우겠다고 결심했던 것이다.

나는 그동안 가지고 있던 생각들을 하나하나 실천에 옮기고 있는 중이다. 그 시작인 초등학교가 모두 지어지면 히말라야를 비롯한 오지 마을에 교육과 의료 환경을 개선하는 사업을 지속적으로 펼칠 계획이다. 또한 장애우와 불우한 이웃들을 위한 활동도 계획하고 있고, 아울러 나와 함께 히말라야를 등정하다가 유명을 달리한 동료들의 유가족들에게도 도움의 손길을 끊지 않을 것이다.

나는 이제 산을 통해 입은 많은 은혜를 휴먼재단을 통해 갚아나갈 것이다. 나와 함께 산을 오르는 여러분들의 뜻을 한데 모아 도움의 손길을 필요로 하는 곳이면 어디든 지원할 것이다. 나를 지켜 주었던 꿈과 희망, 불굴의 도전 정신과 모험심이 많은 사람들과 더불어 살아갈 수 있는 마음을 일깨워 주었다고 생각한다.

나의 무거운 짐을 기꺼이 나누어 지자고, 그래서 좀 더 많은 사람들에게 희망을 전하자고 손을 잡아 주신 분들이다. 휴먼재단이 마음 따뜻한 이분들과 영원할 수 있기를 소망한다.

"도전, 팡보체!"
우리는 오른다. 꼬박 4일을 걸어야 도착할 수 있는 고산 지역이지만 쉬지 않고 오른다. 히말라야 4,060미터에 살고 있는 아이들에게 사랑을 나누어 주기 위해 계속 오른다.

앞으로 나는 자만하지 않을 것이며, 실패에 좌절하지도 않을 것이다. 목숨을 내놓고 탱크처럼 정상을 향해 돌진하듯 사람을 향하는 나의 걸음을 멈추지 않을 것이다. 지금 나의 마음은 첫 걸음마를 뗀 아이를 보는 것처럼 설렌다. 내 앞에 펼쳐진 다음 산을 위해 오늘도 나는 끝없이 도전한다.

"내 앞에 90도의 절벽이 버티고 서 있을 때도 나는 나의 길을 만들며 걸어갔다. 내가 오르는 길이 아무리 험난할 지라도 나는 기억할 것이다. 히말라야 고산에서 살아남아야 했던 이유를. 그리고 나의 희망을…."

만족을 모르는 사람은 부유하더라도 가난하고
만족을 아는 사람은 가난하더라도 부유하다.

석가모니

산을 넘는 아이들

해발 4,060미터 히말라야 팡보체 마을에 80여 명의 아이들이 모였다. 차가운 바람이 허허벌판인 초등학교 부지를 쓸고 지나갔다. 엄마 손을 잡고 그곳에 모인 아이들은 신기한 듯 몰려든 사람들을 유심히 살폈다.

나는 아이들에게 손을 내밀며 인사를 건넸다. 당장 나의 손을 잡지 않는 아이들을 보며 그들의 경계심이 조금 누그러들 때까지 기다리기로 했다. 세상에 태어나 처음 보는 신기한 물건처럼 아이들은 휴먼재단 사람들을 바라보았다.

우리는 초등학교 건물의 중심이 될 댓돌을 땅에 파묻는 작업으로 팡보체 초등학교 기공식을 온 마을 사람들에게 알렸다. 세상에서 가장 높은 곳에 학교를 짓기 위한 그 첫걸음을 뗀 것이다. 아직 많은 작업량이 남아 있지만 사람들의 따뜻한 마음을 모아 그곳 팡보체까지 올리는 것으로 그 시작은 모자람이 없었다.

나는 여느 때와 마찬가지로 모자를 벗어 댓돌에 이마를 가져다 댔다. 그리고 기도했다. 히말라야의 신들이 나에게 준 기운이 그곳 팡보체 마을 사람들에게도 전달될 수 있도록. 모두의 안녕과 행복을 위해 한 걸음씩 나아가겠다고 나의 마음을 댓돌과 함께 땅속에 묻었다.

팡보체로 수업을 듣기 위해 찾아오는 아이들은 마을 아이들뿐만이 아니었다. 팡보체보다 윗마을이나 아랫마을에 살고 있는 아이들도 1시간 이상 걸어서 학교에 다니고 있는 실정이었다. 그래서인지 추운 날씨에 아무리 여러 겹의 옷을 입고 있어도 내게는 아이들의 옷이 마냥 얇아 보였다.

붉고 검게 그을린 아이들의 볼은 얼었다 녹기를 반복하여 하얗게 터 있었다. 그들은 언제 갈아입었는지 모를 정도로 땟자국이 가득한 옷을 입고 다녔다. 가난한 삶이 아이들에게 계속 대물림되고 있었다. 그들은 추위와 가난을 잘 견디며 사는 것이 자신의 삶이라고 생각한다. 그래서 삶에 순응하여 배고프면 배고픈 대로 몸이 아프면 아픈 대로 이겨내는 방법을 터득하고 있었다.

'그들이 불행할까? 아니면 그들을 바라보는 내 마음이 가난한 걸까?'

나는 내 자신에게 여러 번 물을 수밖에 없었다.

'지금 그들보다 많이 가진 나는 행복한가? 물질적인 풍요가 마음의 풍요일까?'

나는 휴먼재단에서 마련해 간 학용품과 의약품을 마을 사람들에게 조금씩 나누어 주었다. 도심에서는 흔히 볼 수 있는 연필이나 노트조차도 그곳에서는 바랄 수 없는 것이기에 아이들은 두 손으로 정성스럽게 학용품을 하나씩 챙겼다. 배우고자 하는 그들의 열정이 매우 대견했다.

사람은 뒤로 물러설 수 없을 때 가장 강해진다는 말이 있다. 내가 히말라야에 오를 때 느꼈던 탱크와 같이 돌진하는 자신감은 바로 물러설 수 없었기 때문에 드러났던 것 같다. 인간의 한계는 어디까지인가 생각한 적이 많다. 인간의 육체가 자연에 대항하는 것이 아닌 자연과 공생하며 상생할 수 있는 길은 없는가. 산은 말이 없었지만 나는 그 산을 통해 자존할 수 있었다.

히말라야 산자락에 살고 있는 아이들은 희망을 꿈꾸고 있다. 2010년 5월에 완공될 팡보체 초등학교를 통해 그곳 아이들은 세상과 소통하게 될 것이다. 어려운 환경을 극복하는 길은 꿈을 이루어야 가능하다는 사실을 아이들은 잘 알고 있었다. 그들이 희망을 버리고 물러설 수 없는 것은 지금보다 더 나빠지지 않을 거라는 미래에 대한 믿음 때문일 것이다. 또한 어떤 어려운 상황이 닥치든지 절대로 포기하지 않는 그들의 근성 덕분일 것이다.

다시 산에 오르는 아이들의 뒷모습을 바라보았다. 2시간가량 올라 집으로 돌아가는 그들의 발걸음은 가벼워 보였다. 아이들은 나누어 준 학용품과 간단한 의약품을 들고 틈틈이 앞섶을 여며 추위를 감싸고 있

팡보체 마을 사람들이 모였다. 저 뒤편으로 히말라야가 마을을 감싸고 있었다. 학교를 짓는다는 소식이 전해졌을 때 아이들보다 그들의 부모가 더 기뻐했다. 자신들의 삶을 세습하고 싶지 않다고 말하던 그들은 한 가닥 희망을 갖게 되었다.

넓은 감자밭, 산허리를 깎아 마을이 들어섰다. 4,060 미터에 있는 팡보체 마을이다. 사람들은 이곳을 왜 그렇게 잊지 못하냐고 묻는다. 그러면 나는 대답한다. "히말라야의 척박한 환경 속에서 살아가는 사람들의 눈물을 보았다."라고. 행복할 수 있는 지혜는 우리보다 그들에게 먼저 닿았어야 하지 않을까.

었지만 꿈을 안고 가는 그들의 마음은 따뜻하게만 보였다. 두 발을 구르며 좋아하는 아이들은 가끔 나를 돌아보며 손을 흔들고 미소를 보여주었다.

나는 그들을 위해 무엇을 할 수 있을까. 당장 많은 돈을 손에 쥐어주며 살아가라고 말하는 것은 너무나 쉬운 일이다. 그러나 나는 그들에게 노동의 대가 이외에 어떠한 돈도 주지 않는다. 사람에게는 각자 다른 삶의 방법이 있다. 그 방법을 유지하면서 제대로 살아갈 수 있게 바로잡아 주는 것. 그것이 내가 그들의 삶을 이끌어 가는 방법이자 과정이다.

살아가면서 편안한 길은 의외로 쉽게 만날 수 있다. 그러나 내 손으로, 내 힘으로 나로 인해 이루어지는 모든 에너지가 퍼져 또 다른 사람들에게 밝은 에너지가 전해질 수 있는 것이라고 생각한다.

앞다투어 나가지 않을 것이다. 산에서 내가 배운 것은 기다리는 지혜와 포기할 수 있는 용기다. 누군가 나에게 손가락질을 한다 해도, 누군가 나를 향해 왜 힘들게 산에 오르냐고 물어도 내가 그곳을 향해 발길을 옮기듯 그들 또한 배움을 통해 자신들이 하고자 하는 일을 꼭 이룰 수 있는 에너지를 가진 사람으로 자라나기를 바란다.

히말라야는 척박한 땅이다. 그들이 이곳에 정착해서 지금까지 살아온 방법이 있을 것이다. 나는 그것들을 거스르지 않는다. 조금 부족하고 조금 모자라도 없는 것에 욕심내지 않는 마음을 안다. 그렇기 때문에 그들 또한 부족하지만 행복할 수 있는 지혜를 터득할 수 있었을 것이다. 설산으로 둘러싸인 마을은 그들에게 주어진 현실이다. 좀 더 나은 생활을 영위하려면 자신이 가진 에너지로 꿈을 이룰 수 있는 발판을 만드는 것일 뿐이다.

아이들은 미래의 희망이다. 미래는 우리가 만들어 주는 것이 아닌 그들의 손으로 다듬어 가는 것이다. 히말라야의 척박한 삶을 제대로 된 교육으로 변화시킬 수 있을 것이라 나는 믿는다. 그리고 그들도 언젠가 나와 같은 생각을 갖고 사람을 돕는 일에 인색하지 않을 수 있다면 나는 그것으로 만족한다.

히말라야를 바라본다. 그들이 내게 말을 걸어오는 것만 같다. 나를 살려 준 산신들이 이곳 히말라야 사람들을 향해 에너지를 보내고 있는 것만 같다. 산소가 부족했던 8,000미터에서가 아닌 나는 그 절반밖에 되지 않는 이곳 팡보체 마을에서 나의 꿈을 이루었다.

나는 내가 찾는 길을 발견했다.
앞으로 나아갈 수 있는 결단력을 끌어내는 길도 알았다.
그리고 마음으로 몸에 기적을 일으킬 수 있음도 배웠다.
바로 이렇게 말하면 된다.
"난 할 수 있어. 난 정말 해낼 수 있어."

욘 에릭슨

용기의 날개

지난 해 5월, 휴먼재단의 첫 사업인 네팔 히말라야 4,060미터 팡보체 마을에 초등학교 건립을 위해 많은 사람들과 함께 올랐다. 휴먼재단을 후원하는 30여 명의 사람들 중에는 처음 산에 오르는 이들이 꽤 많았다. 그럼에도 불구하고 몸이 고되다는 생각은 하지 않고 한결같이 낙후된 그곳 환경과 그 속에서 생활하는 사람들에게 마음을 쏟았다.

꼬박 4일 동안 올라 팡보체 초등학교 부지에 들어섰을 때 저 멀리 먹구름이 몰려오면서 바람이 거세게 불었다. 기공식을 준비하는 과정이 만만치 않았다. 그것도 잠시 우리의 앞길을 밝혀 주듯 맑은 하늘이 얼굴을 드러냈다. 그런데 학교에 모인 학생들 틈에서 유독 다리가 불편해 보이는 한 소녀가 눈에 들어왔다. 바로 열여덟 살의 소녀 밍마참지였다.

팡보체가 고향인 밍마참지는 어느 일본인의 후원을 받아 카트만두에 있는 학교에 다녔다. 그런데 예기치 않게 후원이 끊기면서 다시 부모가 있는 팡보체 마을로 돌아와 살고 있었다. 그녀의 어려운 사정을 듣게 된 후 나는 재단에 도움을 주는 분들과 상의했다. 소녀에게 좀 더 나은 세상을 보여 주고 싶어서였다.

밍마참지는 4학년이었던 열한 살 때, 학교에서 친구들과 놀다가 언덕으로 굴러떨어져 골반이 부러지는 큰 사고를 당했다. 그런데 사고 당시 바로 병원에서 치료를 받지 않고 방치해 두어서인지 이미 다리를 심하게 저는 장애인으로 살아가고 있었다.

히말라야의 산간마을에서는 몸이 아프거나 다치면 병원에 데리고 가기보다 주술사나 라마승을 집으로 데려와 기도나 제사로 치료하는 경우가 많다. 병원에 데려가 치료를 받을 돈이 없는 것도 치료를 받지 못하는 이유 중에 하나였지만, 사실 치료 시설이 마련되어 있지 않아 어려움이 크다는 게 더 문제였다. 밍마참지 역시 골반이 부러졌는데도 불구하고 3개월간이나 기도나 제사를 지내는 것으로만 치료를 대신하다 보니 결국 부러진 골반 모양 그대로 뼈가 굳어 버려서 치료 시기를 놓치고 말았다.

나는 한국에서 밍마참지의 치료가 가능한지 여부를 알아보기 위해 소녀와 동행해 카트만두로 향했다. 시내에 있는 큰 병원에서 그녀의 상태를 직접 확인하는 일이 급선무였다. 엑스레이를 찍어 국내의 종합병원으로 보내면 근본적인 원인과 치료 방법을 찾을 수 있지 않을까, 하

자신은 운이 좋은 사람이라고 말하는 밍마참지. 팡보체 마을에서 만난 한 소녀의 미래를 보았다. 그곳 높은 곳에서도 웃을 수 있는 그녀의 희망을 본 것이다. 간호학교를 졸업한 그녀가 미래의 히말라야 사람들에게 또 하나의 희망을 전달하는 날개를 달았을 것이라 믿는다.

고 나는 작은 기대를 걸었다. 또한 치료가 불가능하다고 해도 앞으로 더 나빠지지 않도록 밍마참지에게 본인이 직접 취할 수 있는 간단한 치료에 대한 교육을 받게 하기 위한 목적도 있었다.

우리나라도 마찬가지지만 네팔에서 장애인은 너무나 힘든 고통을 겪으며 살아가고 있다. 특히 여자가 더 많은 일을 하고 가정을 책임져야 하는 전통을 따르고 있다. 노동력이 중요시되는 사회이다 보니 아무래도 여자가 장애인이면 결혼도 할 수 없는 게 현실이다.

엑스레이 촬영을 위해 잠시 카트만두에 들렀을 때 나는 밍마참지의 말에 귀를 기울였다.

"엄 대장님, 복잡하고 차도 많은 이곳에서 더 이상 견딜 수 없을 것 같아요. 빨리 팡보체로 돌아가고 싶어요."

팡보체에서 나고 자란 소녀에게는 카트만두 시내의 매연과 복잡한 자동차 도로가 무척 견디기 힘들었던 것이다. 그러나 한국으로 데리고 와 치료를 받아야 하는 상황이 닥칠지도 모른다는 생각에 나는 밍마참지에게 서울의 도심 환경에 대해 말해 주며 다시 물었다.

"밍마참지, 서울은 이곳보다 더 차도 많고 복잡해. 높은 건물에 정신없이 바쁜 사람들로 가득하지. 팡보체 마을처럼 조용한 곳이 아니야… ."

밍마참지는 환하게 웃으며 대답했다.

"그래도 한국은 꼭 한 번 가 보고 싶어요. 대장님이 살고 있고 말로만 듣던 그곳에 가서 치료도 받고. 그리고 하루 빨리 건강해진 두 다리로 엄마 아빠, 동생들에게 돌아와 살았으면 좋겠어요."

2009년 10월 15일.

인천공항에서 수술을 받기 위해 한국에 온 밍마참지를 만났다. 간호학교를 수료한 밍마참지는 한국에 올 생각에 잠을 이루지 못했다고 말했다. 수술에 대한 두려움이 커 보이는 소녀에게 나는 좀 더 넓은 세상으로 나아갈 수 있는 꿈을 꾸도록 안심시켜야 했다.

밍마참지의 수술은 성공적이었다. 국내에서 수술과 치료를 받기 전 밍마참지의 상태는 중증 소아마비 환자와 비슷했다. 한쪽 다리를 심하게 저는 것은 물론 발 끝에 의지해 걷는 보행 습관으로 인해 골반과 척추뼈가 심하게 휘어져 있는 상태였다. 그러나 수술을 마치고 한 달간의 재활 치료를 끝내자 밍마참지는 거의 정상인처럼 생활할 수 있는 수준으로 회복했다. 겉보기에는 발목을 삔 환자로 보일 정도로 정상인에 가까운 모습이었다.

재활 치료를 담당했던 의사는 한 달 정도 기간을 더 준다면 밍마참지가 뛰어다닐 수 있을 정도로 완치시킬 수 있다며 아쉬워했다. 하지만 이미 한 달 정도의 체류 기간을 연장한 밍마참지는 더 이상 국내에 머물 수 없었다.

결국 재단에서는 밍마참지를 네팔로 돌려보내 치료를 계속 받을 수 있도록 돕기로 했다. 그리고 재활에 필요한 여러 가지 운동 기구도 네팔로 보내기로 했다.

2월 26일.

퇴원 수속을 마친 밍마참지는 네팔로 돌아갈 준비를 서둘렀다. 시종 일관 밝은 웃음을 잃지 않았지만 병원에서 만난 많은 분들과 헤어지는 게 못내 아쉬웠던 모양인지 병원을 나서면서 결국 울음을 터트리고 말았다. 비록 언어는 통하지 않았지만 그간 주변에서 밍마참지의 쾌유를 빌며 따뜻한 손길을 보내 주었던 이들의 넉넉한 마음이 소녀에게도 전달되었던 것이다.

인천공항에서 작별하는 순간의 밍마참지 모습은 정상인으로도 손색이 없을 만큼 예뻐 보였다. 여느 소녀들과 마찬가지로 외모에 관심을 보이는 것이 이젠 집으로 돌아가는 기쁨으로 가득 찬 듯 보였다. 매직 스트레이트 펌을 꼭 한 번 해 보고 싶었다는 밍마참지는 펌을 하고 나서 변한 자신의 모습을 보며 만족스러워했다.

그간 떨어져 있었던 가족들이 얼마나 보고 싶을지, 또한 변한 자신의 모습을 얼마나 보여 주고 싶을지 짐작이 갔다. 소녀를 기다리는 가족들은 팡보체에서 내려와 일주일째 카트만두에 있는 친척 집에 머물고 있었다. 몇 시간 후면 만나게 될 가족을 떠올리며 밍마참지는 환하게 웃었다. 그리고 계속해서 나에게 고맙다는 인사를 건넸다.

나는 초등학교 준공식에서 건강한 모습으로 다시 만날 밍마참지를 잠시 떠올렸다. 그리고 기약했다. 다시 찾을 팡보체 초등학교에 오를 때는 밍마참지를 초등학교에서 일할 수 있는 교사를 겸한 간호사로 채용할 것이라고.

팡보체 초등학교 준공식에서 다시 만난 밍마참지. 그녀는 무척 건강해 보였다. 그리고 휴먼재단 사람들에게 감사의 마음을 전했다. 이날, 죽은 셰르파 술딤 도르지의 부인 학바디기도 참석해 행운의 뜻이 담긴 가타를 나의 목에 걸어 주었다. 모두 고마운 나의 인연이다.

앞으로 오지 마을에 희망과 꿈을 전할 그녀의 앞길이 밝게 열릴 것이다. 그간 힘겨운 수술과 재활 치료에도 불구하고 잘 견뎌 준 밍마참지가 고맙고 대견스럽다. 그리고 그녀가 나에게 남긴 감사의 편지를 읽으며 용기를 얻은 그녀에게 나의 기운을 담아 답장을 보낸다.

"내가 나의 꿈과 희망인 8,000미터를 향해 끊임없이 도전했듯이 너의 앞길에 펼쳐질 세상도 의지만 있다면 희망과 행복이 가득할 것이다. 넌 할 수 있어. 넌 잘 해낼 수 있어, 밍마!"

| 제 2 장 |

세상을 향해 소리치다

만일 오늘날의 세계에
다른 사람들의 불행을 바라는 사람들보다
그들 자신의 행복을 바라는 사람들이 더 많다면
우리가 사는 세상은 몇 년 후에 천국이 될 것이다.

버트런드 러셀

세상에서 가장 아름다운 말, 나누다

'나누다.'

나는 이 말이 세상에서 가장 아름답다고 생각한다. 사랑을 나누고, 그것을 나누었기 때문에 이 세상에 우리가 존재하는 것이다. 기쁨을 나누고, 슬픔을 나누고, 고통을 나누었기 때문에 우리가 존재하는 것처럼 말이다.

신이 우리에게 준 가장 큰 선물 중 1위가 바로 나눔이라는 생각이 든다. 건강, 성공, 사랑, 봉사 등 신이 인간에게 준 선물은 무궁무진하다. 그러나 그 모든 것들을 서로 나눌 수 있게 해 준 것이야말로 최고의 선물이 아닐까.

산은 나에게 나눔을 가르쳐 주었다. 나눔만이 아니다. 이 세상에 내가 왜 왔고, 어떻게 살아야 하는지 가르쳐 주었다. 산은 나의 스승이다.

산은 모든 것을 나눈다. 나무도 아낌없이 나누고, 물도 나누며, 온 세상의 대자연이 아낌없이 자신이 가진 것들을 서로 나누고 있다.

사람은 개개인마다 미덕이 있다. 각 지역에도 그 지역만의 특색과 명물이 있는 것처럼 각 나라마다 명소와 그 나라만의 미덕이 있다. 광활한 이 우주에 존재하는 지구의 미덕은 나눔이다. 인간만이 아닌 지구에 사는 모든 생명체들이 나누며 살고 있는 것이다.

이 세상이 모두 내 것인 듯 넓히고 높이고 축적하기만 하고, 베풀고 나눌 줄 모른다면 그것은 지구의 생명체가 아니라는 생각이 든다. 외계인이라 부르고 싶다. 지구에 사는 사람들은 모두 나눌 줄 아는 속성을 지녔다. 그러나 어떻게 어디에서 나누어야 하는지 잘 모를 뿐이다.

지하철을 기다리다가 읽은 글이 있다. 어느 청년이 대학에 입학했는데 등록금을 마련하지 못해 공사 현장에서 일을 하게 되었다. 그 청년은 가난해서 점심을 싸 올 수가 없었다. 그런데 함께 일을 하던 인부 중에 한 명이 매일 큰 도시락과 반찬통을 꺼내 놓으며 이렇게 말하는 것이었다.

"에이, 이놈의 마누라가 왜 이렇게 밥을 많이 쌌나. 내가 돼지인 줄 알아."

그러면서 청년에게 점심을 나누어 주었다. 청년은 자신에게 매일 점심을 나누어 주는 인부가 고마워서 하루는 작은 선물을 마련해 그를 찾았다. 공사 현장 경리과에 들러 그 인부의 주소를 알려 달라고 부탁하며 인부의 부인에게 줄 선물을 꺼내 보였다. 그러자 경리 직원이 이렇

'아, 무택아. 무택아.'
먼저 떠난 산악인 박무택의 아들과 미망인이 히말라야에 오른다. 휴먼원정대를 꾸려 그의 시신을 수습했던 그해가 눈에 선하다. 그의 아들은 벌써 열한 살이 되었다. 그가 살아 자신의 아들이 자라는 모습을 보았다면 대견했을 것이다. 그립다, 그와 함께 등정했던 그때가….

게 말하는 것이었다.

"그분은 오래 전에 부인이 돌아가셨는데요."

이 글을 읽고 나는 코끝이 찡했다. 자신도 부인이 없으면서 그 청년을 위해 매일 도시락을 많이 싸 온 가난한 인부의 마음 씀, 그것이야말로 진정한 나눔이었다. 세상에는 그렇게 나누는 사람들이 많다. 어느 식당에서는 점심 장사가 끝나고 나면 돈이 없어서 점심을 먹지 못하는 사람들에게 매일 한 끼의 식사를 대접한다.

사람으로 태어나서 가장 슬프고 서럽고 안타까운 일은 배가 고픈 것이라는 생각이 든다. 최소의 끼니도 해결할 수 없는 사람들을 위해 우리는 나누어야 한다. 콩알 반쪽도 나누어 먹는다는 말, 얼마나 아름다운가.

『거인의 정원』이라는 동화가 있다. 이 동화는 아이들뿐만 아니라 어른들을 위한 동화이기도 하다.

푸른 잔디가 깔린 넓고도 매력적인 정원이 있었다. 학교가 끝나면 아이들은 그 정원에 와서 뛰어놀았다. 그런데 어느 날 멀리 떠났던 정원의 주인인 거인이 돌아왔다.

"거기서 뭐하는 거야? 내 정원은 나만의 정원이야. 나 외에는 아무도 놀 수 없어."

그리고 거인은 정원 주위로 높은 담을 쌓았고 '무단침입자는 고소함'이라는 게시문을 붙였다. 정원 주인은 매우 이기적인 사람이었다.

그런 뒤 다시 봄이 찾아왔다. 대지는 작은 꽃과 새들로 가득 찼다. 그런데 이기적인 거인의 정원만은 겨울이었다. 아이들이 없기에 새들은 노래하지 않았고 나무도 새순을 터트리는 일을 잊었다. 한 송이 아름다운 꽃이 머리를 내밀었으나 그 게시문을 보고 아이들에게 미안함을 느낀 후 결국 땅속으로 되돌아가 다시 잠들어 버렸다.

"봄이 왜 이리 늦는지 모르겠어."

아무도 놀러 오지 않는 거인의 정원은 항상 겨울이었다. 그런데 어느 날 거인의 정원에서 새소리가 들려왔다. 오랫동안 새소리를 듣지 못해 그 소리가 너무도 아름다웠던 거인이 정원으로 나가보니 아이들이 벽에 난 작은 구멍을 통해 마당에 들어와 나뭇가지 위에 앉아서 놀고 있는 게 아닌가. 아이들이 오자 다시 새들도 날아오고 푸른 잔디와 꽃도 피어나기 시작한 것이다.

"올라와, 꼬마야."

거인은 나무가 아이들에게 하는 말을 들었다. 그제야 거인은 정원에 왜 봄이 오지 않았는지 깨닫게 되었다. 그는 자신이 저지른 일을 진정으로 뉘우쳤다. 거인이 더 이상 나쁜 사람이 아니라는 것을 알게 된 아이들은 다시 정원에서 뛰어놀았다. 그러자 다시 봄도 찾아왔다.

아무리 넓은 집과 땅을 가지고 있어도 자신만을 위해서 가지고 있으면 쓸쓸할 수밖에 없다. 마음에 봄이 오지 않고 늘 황량하다는 교훈이 담긴 이 동화에는 기업이 아무리 거대해도, 자신이 아무리 유명해도 나누지 않고 마음을 열지 않으면 아름답게 가꿔도 꽃이 피지 않는다고 이야기하고 있다. 결국 마음의 봄이 오지 않는다는 말이다.

이에는 분명한 진리가 담겨 있다. 나누면 더 채워진다. 자꾸 받는 버릇만 쌓다 보면 그런 삶에 머물게 된다. 그러나 가진 게 없어도 주는 연습을 하면 그것이 습관이 되어 결국 얻게 된다.

부자가 되려면 부자에게 밥을 사라는 말이 있다. 밥을 사면서까지 부자가 되는 법을 배우라는 뜻도 있겠지만 부자에게 얻어먹지 않고 밥을 사 줌으로 해서 스스로 부자의 마인드를 갖게 되면 결국 부자가 될 수 있다는 뜻도 담겨 있다.

이 세상에는 나누어야 할 것들이 너무나 많다. 세상에서 가장 아름다운 말, 나누다. 아름답고 아름답고 아름다운 세상을 만들기 위해 나누고 나누고 또 나누어야 한다.

위대한 희망이 가라앉는 것은 해가 지는 것과 같다.
그것은 인생의 빛이 사라진 것이나 다름없다.
매일 희망이라는 태양이 떠오르게 하라.

헨리 롱펠로

99프로의 절망을 이기는 힘

작은 불빛일수록 어두운 곳에서 더 빛을 발한다. 아무것도 보이지 않는 캄캄한 시골 길을 걷다가 좁쌀만 한 크기의 반딧불이를 본 적이 있다. 그때 문득 스쳐 지나간 생각이 있다.

'1프로의 빛이 99프로의 어둠을 밝히는구나.'

참 많은 사람들을 만났다. 장애를 가진 어린이들과 함께 백두산에도 올라 보고 암에 걸린 환자들과 병을 이겨 내자며 암벽을 타기도 했다. 그런데 그 사람들은 모두 공통점이 있었다. 자신의 아픔과 싸워 이겨 내려고 하는 사람들일수록 그 모습이 한없이 밝았다. 그리고 긍정적이었다. 비관하거나 남 탓을 한다든가 세상을 향해 욕을 하지도 않았다.

그들은 정상적인 사람들과 달리 너무도 많은 아픔과 절망을 안고 살아간다. 그러나 절망을 말하지 않는다. 의학적으로 99프로 살 가망성이 없는 사람도 있었다. 그럼에도 불구하고 1프로의 삶을 향한 희망을 보며 자신의 어깨에 걸망처럼 얹힌 무거운 절망, 그리고 아픔과 싸워 이겨 내고 있었다.

어두운 자신의 마음을 1프로의 희망으로 비추고 있는 모습이 너무나 아름다워 보였다. 지구는 그런 사람들로 인해 움직이는 것이 아닐까, 라는 생각이 들었다. 그리고 기적은 그런 이들 덕분에 일어나는 것이 아닐까, 라는 생각도 해 보았다.

50프로 이상의 희망이 있음에도 불구하고 절망하는 사람이 있다. 함께 산에 올라 보면 그 사람의 속내를 조금은 알 수 있게 된다. 산 중턱쯤 올라가다 보면 가끔 나에게 이렇게 묻는 사람들이 있다.

"엄 대장님! 정상까지 얼마나 남았어요?"

내가 대답해 주면 그들의 반응은 두 가지로 나뉜다.

'아이고! 아직도 반이나 더 올라가야 하는구나!'

'야! 벌써 반이나 올라왔네. 이제 올라온 길을 다시 오른다고 생각하고 오르면 되겠구나!'

그 사람들 속에서 나는 나를 향해 묻는다. 그리고 지금 무엇인가를 향해 도전하는 사람들에게 자신은 어떤 유형의 사람인지 자문해 보라고 권한다.

불행하다고 생각하는 사람은 이미 자신이 절반 이상의 희망을 가졌다는 사실을 알지 못한다. 신체가 건강하기만 해도 이미 90프로를 가진 것이나 다름없는데도 말이다. 우리가 삶을 살아가며 실패한 부분은 전체 삶의 10프로에 불과하다. 힘들고 아픈 것은 그 이하일 수도 있다. 몸과 마음에 부정적인 어둠을 쌓지 말고 긍정의 불씨를 밝혀야 한다.

지금 우리 앞길이 한 걸음도 내딛을 수 없는 벼랑 끝인가. 더 이상 길이 없는가. 그렇지 않다. 길이 끝난 곳에 다시 다른 길을 찾고 만들어 가는 사람들이 있다. 도전 정신만 있다면 길은 반드시 생겨나는 것이다.

히말라야 8,000미터 정상을 눈앞에 두고 텐트에서 1박을 한 적이 있다. 정상에 오르려면 새벽에 출발해야 하기에 작은 텐트 안에서 잠을 청해야 했다. 밖은 캄캄했고 눈보라가 쳤다. 상상해 보라. 지구상에서 가장 높은 8,000미터 가까운 지점에 홀로 남았다고. 눈보라 치는 어둠 속에 혼자 남겨졌다고. 강한 눈보라에 맞서 몸으로 텐트를 지탱하며 몇 시간을 갇혀 있는 동안 위기와 시련, 절망의 순간이 이 세상에서 가장 무섭다는 사실을 알았다. 오싹해서 온몸이 움츠러들었다.

그때 텐트 속에서 나는 작은 희망을 보았다. 살아 돌아갈 수 있다는 희망. 좁쌀 한 알만 한 희망의 빛이 어두웠던 내 마음을 비췄다. 나는 희망은 의지라고 생각했다. 의지는 곧 극복이다. 그렇게 희망은 의지와 극복을 동반했다.

그날 밤 희망과 의지, 극복이라는 세 친구가 없었더라면 나는 꽉 붙잡고 있던 텐트를 놓고 강풍이 몰아치는 어두운 산속으로 날아가 묻혀 버렸을지도 모를 일이다.

세계 최초로 히말라야 8,000미터 14개 봉우리를 오른 이탈리아 산악

©휴먼재단

1프로의 희망이 99프로의 절망을 이겨 낸다. 모든 것은 단 1프로가 해내는 것이다. 길 밖의 길로 향한다. 길이 끝나는 곳에 늘 새로운 길이 시작되고 있다.

인 라인홀트 메스너는 이렇게 말했다.

> 나는 여기 쌓여 있는 눈과 바위, 구름의 감정을 함께 가지고 있다. 더 이상 철학이 필요 없다. 모든 것, 죽음까지도 이해하게 되니까. 나는 두려움을 통해서 이 세계를 새롭게 알고 느끼고 싶다. 고독은 더 이상 파멸을 의미하지 않는다. 이 고요 속에서 분명히 나는 새로운 자신감을 얻게 되었다. 그것은 내 인생에서 처음으로 체험한 흰 고독이었다. 이 고독은 두려움이 아닌 나의 힘이었다.

라인홀트 메스너는 낭가파르밧을 혼자 등반했다. 8,000미터를 단독으로 등반한다는 것은 그만큼 필요한 것도 많지만 버려야 할 것도 많은 정말 어려운 등반이다. 그는 정상에 오르기 전 날 밤, 가능하면 짐을 최소화하려고 자신이 지닌 장비들을 하나씩 버리면서 몸서리치도록 몰려오는 검은 고독과 흰 고독이 무서워서 펑펑 울었다고 한다.

나도 그런 경험을 한 적이 있다. 두 번째 도전에 실패하고 세 번째 도전을 하던 칸첸중가에서였다. 1999년에 칸첸중가 두 번째 등반에서 눈사태를 만나 후배 대원과 취재 기자가 목숨을 잃었고, 이듬해 친동생이나 다름없었던 셰르파 다와가 낙빙(떨어지는 얼음덩어리)에 맞아 목숨을 잃었다.

나는 칸첸중가 정상을 100미터쯤 남겨 놓고 오르다 설벽에서 밤을 맞았다. 더 이상 올라갈 수 없어서 자일에 매달린 채 거의 90도 경사에 가까운 빙벽에 엉덩이를 걸칠 만큼 파고 앉아 밤을 지새우기로 작정했다.

칠흑 같은 어둠이었다. 뼈를 파고드는 추위가 몰려왔다. 졸음이 몰려왔다. 절대로 자면 안 된다! 안 된다! 이를 악물고 있다가도 깜박 졸아 고개를 꾸벅이다 보면 살짝 걸터앉았던 엉덩이가 빙벽에서 떨어지면서 자일이 좌우로 흔들렸다. 그렇게 10시간의 사투 끝에 아침을 맞이했다. 그 밤, 나는 검은 고독이 너무나 무서워서 펑펑 울었다.

라인홀트 메스너의 말처럼 고독이 더 이상 파멸을 의미하지 않는다는 것을 나는 깨달았다. 그 고독은 두려움이 아닌 나의 힘이었다.

어느새 새벽이 밝았다. 멀리서 동이 트기 시작했다. 그때 느꼈던 새벽의 기운을 나는 아직까지도 잊을 수가 없다. 거의 탈진 상태였던 내 몸에 다가오던 여명의 에너지, 그것이 바로 자연의 정기였다. 가슴속 깊은 곳에서 뜨거운 기운이 용솟음쳤다. 동이 트면 하산해야겠다는 생각을 바꿔 나는 다시 빙벽에 올랐다. 그리고 마침내 칸첸중가 정상에 섰다.

두려움을 극복한 뒤 세상을 새롭게 본 순간이었다. 나는 칸첸중가 정상에서 마주한 눈과 바람, 햇빛 모든 것을 내 안에 담을 수 있었다.

1프로의 희망이 99프로의 절망을 이겨 낸다. 불가능하다고 여겼던 모든 일은 그 1프로가 가진 힘으로 해내는 것이다. 나는 이제 많은 사람들에게 감히 이렇게 이야기할 수 있을 것 같다.

"길이 없다고 말하지 말라. 내 앞의 인생이 어둡다고 말하지 말라. 그리고 라인홀트 메스너가 말한 오프 로드(Off Road). 그것은 바로 '길 밖의 길'이다. 길이 끝나는 곳에서 늘 새로운 길이 시작되고 있다."

시도했던 모든 것이 물거품이 되었더라도
그것은 또 하나의 전진이기 때문에
나는 용기를 잃지 않는다.

토머스 에디슨

세상은 도전하는 자의 것

강의 요청을 많이 받는다. 나의 경험담이 도전과 용기, 의지를 얻고자 하는 직장인이나 청소년에게 도움이 되나 보다. 나는 달변가는 아니다. 그렇다고 위인이나 성공한 사람들의 명언, 에피소드를 섞어 흥미롭게 이야기하는 편도 아니다. 오직 내가 죽음을 무릅쓰고 8,000미터급 산에 오르며 겪었던 위험한 상황을 극복한 이야기, 동료들을 잃은 슬픔과 고통, 자연의 위험에 대한 두려움을 들려주며 당시 긴박했던 상황을 찍었던 영상을 보여 주는 것이 전부다. 하지만 사람들은 그것만으로 마치 위험한 절벽 끝에 매달려 위기를 극복하는 어느 영화의 클라이맥스를 보는 것 같은 긴장감이 돈다고 말한다.

가끔 사람들은 내게 묻는다.

"왜 그렇게까지 고생을 하면서 산에 오르나요?"

"죽음이 두렵지 않나요?"

"눈보라가 몰아치는 춥고 힘든 절대 고독 속에서 산에 오르는 또 다른 이유가 있나요?"

나는 그들에게 다시 묻고 싶다.

"왜 사나요? 왜 그렇게까지 고생을 하며 돈을 벌려고 하나요? 왜 사회에서 인정받을 수 있는 높은 지위에 오르려고 애를 쓰나요?"

"누구나 한 번쯤 맞이할 죽음이 두렵지 않나요?"

"선구자가, 가장 높은 자리에 있는 사람이 가장 외롭다는 사실을 아십니까?"

사람들은 회사를 창립하고 높은 건물을 세운다. 그리고 그 건물에 오르는 것을 목표로 삼고 공부를 해서 더 많은 지식과 학식을 쌓아가듯이 나는 산에 오르는 것이 목표고 꿈이었다. 꿈을 이루는데 어떻게 힘들지 않을 수 있겠는가. 또한 힘들지 않은 사람이 어디 있겠는가.

설산에 오르기를 수십 번 도전하다가 동료를 잃고 참담한 심정으로 산에서 내려온 나처럼 목표와 꿈을 이루려던 많은 사람들은 때때로 자신이 가진 것을 모두 잃고 좌절한 적이 여러 차례 있을 것이다.

그럼에도 불구하고 그들이 계속 높은 건물을 세울 수 있었고, 세계를 빛내는 학자가 되었으며, 사업가나 운동선수로 성공할 수 있었던 것은 자신이 이루고자 했던 일을 절대로 포기하지 않았기 때문이다.

"절대로 포기하지 마라. 이 세상에 포기란 단어는 존재하지 않는다."

멀리 히말라야 고봉이 보인다. 능선을 따라 며칠을 걸어 올랐던…. 히말라야 설산이 눈앞에 있는 것 같은 착각이 든다. 내심 한걸음에 오를 수 있을 것 같은 착각이…. 내 인생에 절망과 희망을 안겨 준 그곳에 다시 오르고 있다.

어쩌면 사람은 죽을 때까지 자연 속에서 자신이 가야 할 길을 내고 있는 것인지도 모른다.

나는 강연을 할 때마다 늘 이 말을 강조한다. 산에 오르다가 추락해 발목이 180도 돌아갔을 때 의사는 내게 앞으로 절대 산에 오르면 안 된다고 말했다. 그 말을 들었을 때 나는 절벽에 선 듯한 좌절감을 느껴야 했다. 앞이 캄캄했다. 퇴원 후 집으로 돌아와 재활 치료를 받으면서 나는 등정에 실패했던 산에 다시 오를 것이라고, 절대 포기하지 않을 것이라고 굳게 다짐했다. 그리고 다리가 어느 정도 회복되면서부터 도봉산에 오르기 시작했다.

'기다려라, 안나푸르나여.'

나는 절대 산에 오를 수 없다는 의사의 말에 굴복할 수 없었다. 그것은 나의 인생을, 삶을 포기하라는 말과 같았다. 그리고 나는 1년도 채 지나지 않아 다시 나를 죽음으로 몰아넣었던 안나푸르나 산 등정에 나섰다. 그리고 정상에 올랐다. 그때 나는 그곳에서 희망을 보았다.

나에게 포기란 없다. 4전5기, 7전8기가 아니다. 히말라야를 38번 올랐으니 37전38기인 셈이다. 나는 될 때까지 희망을 버리지 않는다. 100번 쓰러져도 101번을 일어날 각오가 되어 있는데 안 될 일이 무엇이며, 또한 무엇을 포기할 수 있겠는가.

축구선수로 세계 무대에서 활약하고 있는 박지성 선수는 평발이라고 한다. 평발은 많이 걸을 수 없을 뿐만 아니라 오래 운동을 할 경우 엄청난 고통을 호소한다. 좀 더 심한 경우에는 힘줄이 솟아오르며 근육이 땅기기도 한다. 그런데 그는 전·후반 90분의 경기 시간 동안 넓은 운동장을 종횡무진 뛰어다닌다. 어느덧 그라운드를 누비며 치열하게 뛰어

다니는 그를 사람들은 산소 탱크라고 부른다. 그가 평발이라는 약점을 지녔음에도 불구하고 결코 축구를 포기하지 않고 노력한 결과다.

또한 불모의 지대나 다름없었던 우리나라에서 피겨스케이팅 세계 1위의 자리에 오른 김연아 선수는 연습 벌레라고 불릴 만큼 강도 높은 훈련을 끊임없이 해 왔다고 한다. 얼마나 많은 연습을 했을까. 김연아 선수는 빙판에서 수없이 넘어지며 부상을 당해 한동안 슬럼프에 빠지기도 했다고 한다. 그럼에도 불구하고 김연아 선수는 동계 올림픽에서 당당히 금메달을 목에 걸었다.

어떤 분야에서든 영광의 자리에 오른 인물에게는 남모르는 상처가 있다. 그 상처가 주는 아픔이 두려워서 포기한다면 영광의 순간은 절대로 자신에게 오지 않는다. 세상은 도전하는 자의 것이다. 산에 오르다가 동상에 걸려 부득이 엄지발가락을 절단해야 할 때도 나는 두렵지 않았다. 아직 나의 숨이 끊어지지 않았기 때문이었다.

발가락 하나를 내어 주고 다시 또 하나의 발가락을 내어 주는 날이 와도 나는 절대 포기하지 않을 것이다. 끝까지 도전했을 것이다. 만약에 발가락을 내어 주었다고 하여 내 인생을 좌절로 덮어 버렸다면 지금의 나 엄홍길은 없었을 것이다.

절대 포기하지 마라. 칭기즈 칸의 가르침을 되새기며 도전하고 도전하라. 누구나 박지성, 김연아가 될 수 있다. 나 엄홍길이 될 수 있고 당연히 칭기즈 칸이 될 수도 있다.

집안이 나쁘다고 탓하지 말라.
나는 아홉 살 때 아버지를 잃고 마을에서 쫓겨났다.
가난하다고 말하지 말라.
나는 들쥐를 잡아먹으며 연명했고,
목숨을 건 전쟁이 내 직업이고 내 일이었다.

작은 나라에서 태어났다고 말하지 말라.
그림자 말고는 친구도 없고 병사로만 10만.
백성은 어린애, 노인까지 합쳐 200만도 되지 않았다.

배운 게 없다고 힘이 없다고 탓하지 말라.
나는 내 이름도 쓸 줄 몰랐으나 남의 말에 귀 기울이면서
현명해지는 법을 배웠다.

너무 막막하다고, 그래서 포기해야겠다고 말하지 말라.
나는 목에 칼을 쓰고도 탈출했고,
뺨에 화살을 맞고 죽었다 살아나기도 했다.

적은 밖에 있는 것이 아니라 내 안에 있었다.
나는 내게 거추장스러운 것은 깡그리 쓸어버렸다.
나를 극복하는 그 순간 나는 칭기즈 칸이 되었다.

사람은 40일을 먹지 않고도 살 수 있고
3일 동안 물을 마시지 않고도 살 수 있으며
8분간 숨을 쉬지 않고도 살 수 있다고 한다.
그러나 희망 없이는 단 2초도 살 수 없다.

조지 스위팅

오직 희망 희망 희망!

“절망도 희망이다. 그러니 절망 속에서도 오직 희망만을 생각하고 말하라.”

모든 일은 희망을 기반으로 하고 있더라도 목적하는 바를 이루기까지는 엄청난 고통이 따른다. 아프고 두려우며 무섭다. 아이의 탄생을 기뻐하기까지 산모는 얼마나 고통스러운가. 겨우내 죽은 것만 같았던 나무껍질을 뚫고 초록 이파리가 나오기까지 얼마나 많은 꽃샘추위와 바람을 견뎌 내야만 했겠는가. 희망으로 가기 위해서 겪는 고통을 절망이라고 말하지 마라. 주저앉아 버리면 그것이야말로 절망인 것이다.

어린 새가 알을 깨고 나왔을 때 저 밖의 세상은 바로 눈에 들어오지 않는다. 알 속은 온통 암흑일 것이다. 아직 겪어 보지 못한 세상에는 두려움과 고통이 존재한다는 사실을 알 수 없다. 어린 새가 낯선 사람과 햇빛, 굉음이 두려워 아늑한 알 속에 안주해 버린다면 그만큼의 세상만을 볼 수 있을 뿐이다. 그렇게 알 속에 갇힌 채 죽음으로 다가갈 수밖에 없는 것이다. 희망의 날갯짓을 하기 위해서는 아픔이 존재하기 마련이다.

헤르만 헤세의 글 중에 이런 내용이 있다.

새는 알에서 나오려고 투쟁한다.
알은 세계이다.
태어나려는 자는 하나의 세계를 깨뜨려야 한다.
새는 알에서 깨어나 신에게로 날아간다.

여기 또 한 시인의 유명한 글이 있다.

짐이 너무 무겁다고 느낄 때 생각하라.
얼마나 무거워야 가벼워지는지를.
들새처럼 가볍게 나는 영혼의 힘으로 살지 못한다면,
그것은 내 짐이 아직 충분히 무겁지 못하기 때문이다.

불황인 요즘 호황을 누리는 회사가 있다. 불황을 면치 못하는 회사와 호황을 누리는 회사는 사장과 직원들의 마음가짐 자체가 다르다. 불황을 면치 못하는 회사의 사장과 직원들은 이렇게 말한다.

처음 고산 끝자락에 누가 룽다를 매달 용기를 냈을까. 기원하는 마음을 담은 사람들이었을 것이다. 룽다에 담긴 사람들의 따뜻한 마음은 바람에 실려 또 다른 사람들에게, 그리고 또 다른 사람들에게도 희망과 용기를 가져다주었을 것이다.

"요즘 경기가 너무 안 좋아. 힘들어."

그리고 전반적인 불황이라는 세상의 알 속에서 힘들다고만 외치며 나오지 않으려고 한다. 타성에 젖어 움직이지 않는 것이다. 그리고 생각을 멈춰 버린다. 복권에 당첨되기를 노심초사 기다리는 요행을 바라기도 한다. 부리로 끊임없이 불황의 껍질을 쪼고 나와야 할 텐데 움츠리고 있을 뿐이다. 날개를 파닥거리지도 않는다.

반면 호황인 회사의 사장과 직원들은 이렇게 말한다.

"이때가 기회야. 치고 들어가는 거야. 뭐 참신한 아이디어 없을까?"

끊임없이 생각하고 아이디어를 창출하고 날기 위한 날갯짓을 계속한다. 호황인 회사의 사장과 직원들은 몸과 마음, 머리가 무겁지 않고 밝고 환하다. 에너지가 넘치는 것이다. 전화를 받는 목소리도 손님들과 이야기를 하는 표정이나 몸짓도 다르다. 항상 전략과 전술이 있다. 그리고 100프로 잘될 거라는 확신을 가지고 있다. 100프로 확신을 가지고 달려드는 자에게 실패란 없다. 100프로 확신이라는 것은 그만큼 전략과 전술에 자신 있다는 말이기 때문이다.

치열한 전쟁터와 같은 히말라야 8,000미터 고산. 총알처럼 머리 위에서 떨어지는 얼음 덩어리, 빙벽을 타고 오를 때 우르르 쏟아지는 눈사태, 그리고 한 발짝만 잘못 디뎌도 끝없는 눈 속으로 추락해 버리는 크레바스까지 온통 위험이 도사리고 있다. 불어오는 눈과 바람, 추위, 그것보다 더 버티기 힘들게 하는 것은 희박한 공기다. 한 걸음 내딛을 때마다 몇 번 가쁜 숨을 몰아쉬어야 한다.

그런 악조건 속에서도 나는 오직 희망만을 생각했다. 100프로 나의 꿈을 이룰 것이라는 확신을 가졌다. 단 한 번도 안 될 것이라는 부정적인 생각은 하지 않았다. 세계 최초로 히말라야 8,000미터 16개 봉우리를 오른 단 한 가지 이유는 오직 희망만을 가졌기 때문이다.

절망이 아닌 희망을 말하라. 산을 닮은 산악인들의 밝고 긍정적인 면을 가져라. 대자연인 산의 기운이 그렇다. 예스와 노를 분명히 말한다. 때로는 단순함이 힘이 될 때가 많다. 세상은 도전하는 자의 것이다. 절망은 희망으로 가는 과정이다. 절망 없이 희망은 없다. 그러니 어렵다, 힘들다, 괴롭다, 안 된다는 말은 하지 마라. 된다, 된다, 한다, 한다, 오직 희망만을 말하며 탱크처럼 돌진하라.

시간이 말하는 것을 잘 들어라.
시간은 가장 현명한 스승이다.

페리클레스

사막에서 찾은 오아시스

지난해 여행 다큐프로그램 촬영차 리비아로 떠났다. 나에게 안내자 겸 여행자로 나서 달라는 부탁을 받은 후다. 아프리카에서 4번째로 넓고 한반도의 8배나 되는 광활한 대지를 지닌 곳인 리비아는 미국 등 서구 선진국을 제국주의 국가라 부르며 오래도록 외부와의 교류를 완강히 거부했던 은둔의 나라다.

최근에 세계를 향해 조금씩 문을 열고 있는 고대 사막 문명의 보고인 리비아는 아직 우리에게는 낯선 나라다. 그동안 내가 다녔던 곳은 영하 30~40도의 혹한 추위와 희박한 공기로 숨조차 쉬기 힘든 히말라야 8,000미터가 넘는 산들이었다. 하지만 이번에는 40도가 넘는 뜨거운 햇살과 눈을 뜰 수조차 없을 정도로 모래바람이 부는 사막으로 향했다. 장장 5,000킬로미터에 이르는 리비아 대장정에 나선 것이다.

여행 비자를 받는 데만 두 달이 넘게 걸리는 리비아로의 출국은 그리 간단한 일이 아니었다. 내가 가고자 하는 행선지를 미리 말한 후 입국해서 경로를 수정하는 일이 발생해서는 안 되는 규정이 있다. 직항이 없어 이스탄불을 거쳐 15시간의 비행 끝에 리비아에 도착할 정도로 멀고 먼 나라였다.

리비아 사막 여행을 하면서 가장 기억에 남는 곳이 있다. 자연이 빚은 예술 아카쿠스 산맥이다. 그곳을 떠올리면 사막에서 오아시스를 만난 기분이 든다. 끝없는 사막을 달려 도착한 곳. 첫눈에 들어온 것은 직각으로 솟아 있는 산맥이었다.

사막 한가운데 어떻게 이런 모양의 산맥이 생겼는지 알 수 없었지만 신기하고 아름다웠다. 산을 절개해 놓은 것 같은 타드라르트 아카쿠스 산맥은 사하라 사막 페잔 지방에 뻗은 250제곱킬로미터에 달하는 바위산이다. 우리나라 여의도의 30배에 달하는 어마어마한 크기로 자리하고 있다.

산악인인 나는 그 순간에도 종주를 생각했다. 100킬로미터가 넘는 종주 등반을 하면 좋을 것 같았다. 좀 더 가까이에서 산맥을 관찰하기 위해 차를 타고 이동했다. 걸어서 이동할 수 없을 정도로 거대한 산맥이었다. 무엇이든 새로운 것을 대할 때의 설렘과 경험을 통한 깨달음은 나에게 새로운 에너지로 다가온다. 그 설렘의 시작은 거대한 바위를 마주하는 것이었으며 칠흑 같은 사막에서의 밤을 보낸다는 것이었다.

아카쿠스 산맥에서 처음 만난 것은 엄지바위였다. 엄지손가락 모양

사막에서의 야영은 적막하다. 바람이 쓸고 지나간 거대한 자연의 부산물이 곳곳에서 지난 시간을 대변하는 듯하다. 사람이 지나간 사막 역시 퇴적되는 모든 인간의 일부로 우리들의 지난 삶을 대신하고 있는 것이다. 우리의 들고 난 자리를 옮겨 놓은 거대한 사막은 또 다른 겸손한 모습을 간직하고 있다.

의 바위가 산맥의 입구에서 나를 향해 엄지손가락을 치켜세우는 것처럼 보여 무척 인상적이었다. 그것에 비하니 내 자신이 한없이 작게 느껴졌다. 지구상에서 최고로 거대한 바위, 그것은 사막의 바람이 만든 위대한 예술 작품이었다.

좀 더 깊숙이 들어가 산맥을 관찰해 보았다. 바위에 새겨진 벽화가 눈에 들어왔다. 사실 아카쿠스 산맥은 이곳 바위에 새겨진 벽화 때문에 많은 관광객이 몰린다고 한다. 사막 한가운데 기린 벽화가 있고, 코끼리, 소 등이 그려진 것도 발견할 수 있다. 지금은 황량한 사막이지만 수천 년 전에는 목축을 하며 살았다는 증거다.

시간이 많이 흐른 지금도 원형에 가깝게 보존되어 있는 벽화는 환경과 그에 따른 인간과 동물의 변화를 짐작케 했다. 그러나 최근의 벽화일수록 예술성은 떨어졌다. 척박한 환경이 인간의 예술적인 감수성을 떨어트린 것은 아닐까.

나는 그곳에서 느림에 대해 생각했다. 사막의 모래바람이 불어 형태를 변화시킨 돌산을 보며 그것은 퇴화가 아닌 진화라는 생각에 이르렀다. 칠흑같이 깜깜하고 적막한 사막에서 수천 년 동안 밤을 지낸 바위들이 어둠을 밝혀 주는 별빛처럼 내 가슴속에 들어와 박혔다.

잠시, 혹성에 와 있는 듯한 착각이 들었다. 바위 형상들이 어느 것 하나 똑같지 않고 기기묘묘했다. 수천 년의 시간을 견디며 사막 한가운데 병풍처럼 둘러져 있는 거대한 암석들. 모래바람에 깎이고 떨어져 나가

지금과 같은 모양을 이루었겠지만 그 바위와 모래바람은 수천 년의 역사를 지니고 있었다.

나는 눈앞에 펼쳐진 아름다운 풍경을 말로 표현할 수 없었다. 도저히 인간의 언어로 표현 불가능한 대자연의 힘이 느껴졌다. 보는 것 이상의 표현 방법을 찾을 수 없었던 것 같다.

나는 대자연의 신비로움이 우물처럼 숨겨져 있는 아카쿠스 사막 한가운데에서 나무를 발견했다. 나무 근처에는 놀랍게도 우물이 있었다. 천연수였다. 그 물은 사막을 지나는 현지인들이나 낙타, 양과 같은 동물들을 위해 오아시스를 개발해 둔 것이라고 했다.

그때 마침 어디에선가 한 무리의 야생 낙타가 나타났다. 마치 그곳 오아시스를 알고 찾아온 것 같은 생각에 조금은 섬뜩했다. 갑자기 눈앞에 수천 년 전 이곳에 살았던 사람들의 모습이 그려지는 것 같았다. 그들의 삶과 지혜, 그리고 숨결이 느껴지는 것 같았다.

아카쿠스 산맥에 깃들어 있는 영혼이 나에게 말을 거는 듯한 착각에 빠져들었다. 나에게 질문을 하는 것일까. 이야기를 들려주는 것일까. 말소리가 정확하게 들리지는 않았다. 하지만 나는 분명히 아카쿠스 산맥이 소리를 내고 있다고 느꼈다. 그렇게 아카쿠스 산맥은 나에게 거대한 바위로만 보이지 않았다.

나는 그곳에 나의 흔적을 남기고 싶은 마음이 일었다. 그래서 바위산 한쪽으로 이동해 작은 돌탑을 쌓았다. 이 아름다운 대자연이 문명 세계에 동화되지 않고 그 모습 그대로 보존되기를 바라는 마음의 탑을 쌓았다. 그리고 탑에 머리를 대고 기도했다. 내 몸의 모든 기운과 아카쿠스 산맥의 기운을 담아서….

사막의 뜨거운 태양이 그날만큼은 따뜻하게 느껴졌다.

친구가 없는 것만큼 적막한 것은 없다.
우정은 기쁨을 더해 주고 슬픔을 감해 주기 때문이다.

벨타사르 그라시안

꿈을 이룬 친구들과의 만남

친구란 '가깝게 오래 사귄 사람', '친하게 어울리는 사람'을 말한다. 불교에서는 같은 길을 가는 사람을 도반(道伴)이라고 하며 부부를 반려자라고 부르기도 한다. 스페인의 철학자이자 작가인 벨타사르 그라시안은 이렇게 말했다.

"친구를 갖는다는 것은 또 하나의 인생을 갖는 것이다."

인디언에게 있어서 친구는 '내 슬픔을 등에 지고 가는 자'라는 뜻을 가지고 있다.

많은 친구를 가지고 있는 사람은 한 사람의 친구도 없다,라는 말도 있지만 나는 그렇게 생각하지 않는다. 이미 친구란 친하게 어울리는 관계이기 때문이다. 가깝게 어울리다 보면 그 사람의 성격과도 맞고 성향, 취향, 그들의 가족 관계, 심지어는 과거까지도 알게 된다. 그런 친구들이 많다는 것은 행운이다. 스탠 톨러의 『행운의 절반 친구』라는 책에 이런 말이 나온다.

> 꿈을 이룬 친구를 만나서
> 이야기를 들어 보면 틀림없이 좋은 자극이 될 거야.
> 나는 부딪혀 보는 게 좋다고 생각해.
> 지금이라도 연락을 해 봐.

내 인생의 절반 아니 그 이상이 친구이다. 친구 덕분에 나는 살아났고 꿈도 이루었다. 암벽에 붙어 자일에 함께 매달려 있었던 친구, 나와 함께 추위와 빙하를 뚫고 산에 올랐던 셰르파, 그리고 정신적으로 물질적으로 오랫동안 나를 지원해 주었던 친구들, 지금 엄홍길 휴먼재단을 함께 이끌어 주시는 많은 분들 또한 나의 오랜 친구다.

나는 산을 통해 참으로 많은 친구들을 만났다. 기업가, 변호사, 방송인, 기자, 아나운서, 탤런트, 가수, 작가, 여행가 등 산에 다닌다고 해서 친구가 모두 산악인만은 아니었다. 직업의 차이는 있어도 우리는 모두 산에 오르는 사람이었던 것이다. 그들을 만나면서 나는 많은 것을 배운다. 산밖에 모르는 내가 세상을 바라보는 법, 표현하는 법, 사랑하는 법, 심지어 침묵하는 법까지 배웠다.

한 분야에서 일가를 이룬 사람들을 만나면 공통적인 면모가 있다. 그것은 자신의 일을 처리하는 데에 있어서 치열하고 완벽하다는 것이다.

또한 긍정적이며 겸허하다. 그 분야에서 최고임에도 불구하고 자신을 내세우거나 자랑하지 않는다. 나는 나를 살려서 돌려보내 준 히말라야 산에서 겸허함을 배웠다. 또한 그것이 얼마나 중요한 삶의 가르침인지 알고 있다. 아무리 산에 많이 오른 사람이라도 산 앞에서 겸허하지 않으면 그 끝은 허망하다.

노자의 사상 중에 상선약수(上善若水)라는 유명한 말이 있다. 물을 이 세상에서 으뜸가는 선(善)의 표본으로 여긴 가르침이다.

물은 항상 낮은 곳으로 흐르고
자신의 몸을 더럽혀
남을 깨끗하게 하지만
이를 자랑하는 법이 없다.
물은 만물에 그리고 모두가 싫어하는
낮은 곳을 향하여 날마다
자기를 낮추면서 흐른다.
바위를 만나면 몸을 나누어 비켜 가고
산이 가로막으면 멀리 돌아서 간다.

물처럼 겸허해지는 것은 쉬운 일이 아니다. 꿈을 이룬 사람들이나 지금 이 순간을 행복하게 사는 사람들을 만나면 물과 같다는 생각을 한다. 그들은 자신뿐만 아니라 타인의 정서까지도 정화시키지만 나서서 자랑하는 법이 없다. 그 물이 모여 큰 강을 이루고 그것은 이 세상 가물어 있는 곳을 적셔 주며 더러운 곳을 씻어 주는 것 같다.

꿈을 이룬 친구를 만나라. 목표를 세우고 그것을 이루어 낸 사람들의 겸허함을 배워라. 그리고 꿈을 향해 가는 사람들을 보아라. 항상 꿈을 향해 능동적으로 살면서 삶의 궤도를 수정할 수 있는 친구들을 만나라. 우리는 모두 꿈이 없이는 단 1분도 살아 내지 못하기 때문이다.

남자들은 자기보다도 못한 것을 사랑할 수가 있다.
보잘것없는 것, 더러운 것, 불명예스러운 것,
그런 것까지 사랑할 수 있다.
하지만 여자는 사랑하고 있을 때는
그 사람을 존경하는 것이다.
만약 그 존경을 잃어버린다면
모든 것을 잃어버리고 마는 것이다.

오스카 와일드

남자의 자격

"남자의 자격이란 무엇일까."

KBS 방송 예능 프로그램의 〈남자의 자격〉이라는 코너에서 출연 제의가 왔을 때 가장 먼저 든 생각이다. 남자, 사나이로서의 자격. 사나이를 외치며 산에 오르긴 했지만 정작 남자의 자격이 무엇인지 한 번도 생각해 보지 않았다.

〈남자의 자격〉은 이경규 씨를 비롯해 7명의 남자들이 죽기 전에 꼭 해 봐야 할 일을 정하고 여러 가지 도전을 하면서 고군분투하는 모습을 담아낸 프로그램이다. 나는 흥미로운 도전이라는 생각에 선뜻 출연 제의에 응했다.

제작진은 출연자들이 새해에 지리산 정상 천왕봉에 오를 예정이라며 그때 내가 임시 산악 대장이 되어 달라고 요청했다. 산은 워낙 많이

다녀서 그런지 내심 남자로서 죽기 전에 다른 일에 도전해 보고 싶었는데 역시 내가 할 일은 산과 관련될 수밖에 없나 보다.

그들과 함께 지리산 정상에 오르기로 했다. 지리산은 한국의 명산이다. 오를수록, 보면 볼수록 그 자태가 깊고 아름답다. 또한 따뜻함도 느껴진다. 그러나 어느 산이나 쉽게 오를 수 있는 산은 없듯이 지리산도 만만치 않은 산이다. 더구나 올겨울 눈이 많이 내린 터라 산의 모습은 짐작할 수 없는 상태였다.

중산리에서 장터목 산장까지 5.3킬로미터 구간이다. 1,700미터를 하루 만에 오르는 코스를 택했다. 일명 지옥 코스다. 6시간 30분 만에 장터목에 올랐다. 지리산 제일봉인 천왕봉은 1,915미터로 대한민국에서 한라산 다음으로 높다.

천왕봉에서의 일출은 하늘이 열리는 듯한 장관을 보여 준다고 하여 지리십경 중에 하나로 꼽힌다. 삼대가 덕을 쌓아야만 볼 수 있다는 말이 있을 정도로 일출을 구경하기가 어렵다. 그만큼 천왕봉은 구름과 안개가 자주 끼는 곳이다.

다음 날 새벽 6시 10분. 장터목에서 천왕봉으로 출발했다. 김국진, 윤형빈 씨와 동행했다. 날씨는 무척 추웠지만 가슴속에 설렘이 차올랐다. 대한민국의 남자라면 어머니 산 격인 지리산 천왕봉에는 올라야 하지 않을까, 라는 생각이 들었다. 그러나 지리산 천왕봉에 어디 꼭 남자만 오르라는 법이 있으랴. 좋은 산은 모든 사람들이 한 번쯤 올라 봐야 하지 않을까.

출발한 지 50여 분 만에 천왕봉을 500미터 두고 하늘로 통한다는 통천문을 지나쳤다. 그리고 지리산 제일봉인 천왕봉에 올랐다. 서 있기조차 버거울 만큼 세찬 바람이 우리를 맞이했다. 수밀도 같은 먼동! 일출이 장관이었다. 지리산을 비추며 올라오는 붉은 기운들. 가슴으로, 머리로 그 기운을 받았다.

같이 오른 일행들도 감격스러웠던 모양이다. 추운 것도 잊고 연방 탄성을 내질렀다. 산꼭대기에서 바라보는 하늘은 참으로 아름답다는 생각이 들었다. 히말라야에서 맞이하는 태양이나 지리산에서 맞이하는 태양이나 매한가지 아닌가. 우리가 서 있는 곳만 다를 뿐.

"살아 있는 것은 다 행복하라."

법정 스님의 잠언집에서 본 말이 생각났다.

'그래, 이 순간을, 올 한해를, 그리고 앞으로도 계속 살아 있는 모든 것은 다 행복해라! 더불어 이 세상을 떠난 모든 것도 다 행복해라!'

마음속으로 기도했다.

천왕봉의 일출을 찍어 산 아래에 있는 이경규 씨에게 보내는 김국진, 윤형빈 씨의 모습이 해맑아 보였다. 지리산에서 티 없이 맑고 깨끗한 일출을 보는 순간 나 또한 흥분이 되었다.

2010년, 지리산에 올라 일출을 보았다는 사실만으로도 감회가 깊었다. 〈남자의 자격〉 덕분에 새로운 무엇인가를 생각해 볼 수 있는 계기가 되었다. 남자로 태어나서 죽기 전에 꼭 해 보아야 할 101가지! 너무 많다. 그러나 11가지라도 도전해 보아야 하지 않을까. 무엇이 있을까,

ⓒ휴먼재단

매일 떠오르는 태양이지만 내가 서 있는 이 자리에서 느끼는 '해오름'은 늘 새롭다. 매일 세상 밖으로 나를 다시 걸어 나가게 하는 해오름은 새로운 결심을 안겨 준다. 그래서 아침 해는 더욱 새롭고 청명한 것이 아닐까.

나는 이것저것 궁리해 보았다.

그러고 보니 그동안 내가 해 보지 못한 일이 너무 많았다. 사석에서도 가끔 농담 삼아 이야기를 하지만 가정을 돌보는 일이 산에 오르는 것보다 더 힘들고 어려운 것 같다. 인내심, 투지, 도전 정신, 활력, 추진력 등 이러한 것들만 너무 신경 썼기 때문이다. 섬세함이나 따뜻함, 부드러움에 등한시한 것은 아닌지 돌아보게 되었다. 더욱이 산에 미쳐 살다 보니 1년에 절반 이상 산에 머물렀던 것 같다. 자연스럽게 집에 머무는 시간이 줄어들었다.

해마다 빠지지 않고 원정대를 꾸려 히말라야에서 몇 달을 살다 보니 어느덧 집보다는 산이 더 편해졌다. 몇 달 만에 집으로 돌아와 빨랫감만 잔뜩 안겨 놓고 다시 떠나고 돌아오기를 반복했다. 이렇게 20년의 세월을 보냈다. 그런 나를 묵묵히 지켜 주며 산사나이로 우뚝 서게 해 준 아내와 아이들에게 고마운 마음을 표현할 길이 없다.

몇 해 전 삼각산이 잘 보이는 곳에 집을 얻었다. 옥상에 내 서재를 만들었다. 천장은 유리로 만들어서 늘 하늘과 산을 방 안 가득 담을 수 있게 했다. 처음에는 그곳에서 책도 좀 읽고 음악도 듣고 재충전의 시간을 갖고 싶어서 마련했는데 나에게 재충전은 갑갑한 방 안이 아닌 산에서나 가능했다. 그래서 하루도 빠짐없이 산에 갈 일이 생기지 않나, 하고 은근히 바란다.

히말라야 16개 봉우리를 오르고 내려왔는데도 산에 갈 일만 생긴다. 산에 가자는 섭외나 제의가 들어오면 그렇게 기쁠 수가 없다. 그렇게 다시 산에 오르는 나를 뒤에서 응원해 주는 가족들을 보며 남자의 자격 1순위로 가정을 돌봐야 한다고 기록한다. 나의 미안한 마음을 표현한 것이다.

남자의 자격 1. 가정을 바르게 돌봐야 한다.

남자의 자격 2. 한국의 명산에 올라 봐야 한다.

남자의 자격 3. 의리가 있어야 한다.

남자의 자격 4. 도전 정신이 있어야 한다.

남자의 자격 5. 함부로 말을 내뱉지 않아야 한다.

남자의 자격 6. 투지와 인내심이 있어야 한다.

남자의 자격 7. 남을 헐뜯지 말아야 한다.

남자의 자격 8. 책임 있는 행동을 해야 한다.

남자의 자격 9. 겸허해야 한다.

남자의 자격 10. 건강해야 한다.

내 나름대로 생각해 본 남자의 자격이다. 더불어 나에게 있어서 남자로 태어나서 죽기 전에 꼭 해 보아야 할 101가지는 단 하나로 정리된다. 세계에서 가장 높은 산 8,000미터 16개 봉우리를 모두 올라 보았으니 세계의 명산에도 모두 올라 보는 것이다. 산은 101번이 아니라 1,001번도 넘게 다녔지만 아직 세상의 산들을 모두 올라 보지는 못했다. 세상의 산들을 다니며 '내가 사랑한 산, 내가 올라 본 산'이라는 글을 쓰고 싶기도 하다.

| 제 3 장 |

넘치지 않는 걸음이 되다

어떤 사람의 희망은 미술에 있고,
어떤 사람의 희망은 명예에 있고,
어떤 사람의 희망은 황금에 있다.
그래도 나의 큰 희망은 사람에 있다.

윌리엄 부스

네팔 사람들

죽은 인도 사람이 살아 있는 네팔 사람을 속인다는 말이 있다. 그만큼 네팔 사람들은 순진하다는 뜻이다. 인구 대부분이 문맹이고 계속되는 내전으로 인해 낙후된 환경에서 생활을 하고 있지만 네팔 사람들은 특유의 소박한 정서로 한때 세계에서 행복 지수가 가장 높은 나라로 꼽히기도 했다.

네팔 사람들은 높은 산의 영향을 받아서일까. 가난하지만 주어진 환경을 있는 그대로 받아들이면서 행복하게 산다. 히말라야에 들어서면 여러 마을을 거치게 된다. 그곳에서 만나는 아이들을 보면 추위에 빨갛게 언 볼을 예쁘게 올리며 환하게 웃는다. 그 미소 너머에 조용히 숨어 있는 깊고 초롱초롱한 눈망울이 그야말로 히말라야의 아이들답다.

네팔은 하늘이 가장 가까운 산의 나라다. 안나푸르나와 에베레스트가

가진 것이 없는 사람들은 그만큼 가졌다고 생각한다. 가진 것이 많은 사람들은 그 이상을 갖기 위해 노력한다. 이미 가진 자는 만족을 모르기 때문이다. 힘겨운 가운데도 저들이 웃을 수 있는 것은 미래에 대한 희망이 있기 때문은 아닐까.

있는 히말라야의 나라! 빙설이 살고 있는 곳이기도 하다. 히말라야 산맥은 동서로 2,800킬로미터나 되는데 네팔과 부탄, 시킴, 인도, 파키스탄에 걸쳐 있으며 세계 최고봉 8개가 모두 네팔에 모여 있다. 거대한 산맥이다.

높은 산의 나라답게 네팔 사람들은 정신적 행복을 추구하며 살아가고 있다. 네팔의 속담에 '가난한 사람은 돈이 없고, 돈이 많은 사람은 마음이 없다.'라는 말이 있다. 그들은 가난하지만 풍요로운 마음을 가지고 있다. 높고 깊은 산에서 생활하고 있는 셰르파족, 머걸족들의 마을도 아름답지만 그 마을의 자연 풍경 못지않게 순박하기 그지없는 산마을 사람들과의 만남은 그 자체가 자연이 된다.

그럼에도 불구하고 수도 카트만두는 인구 밀도가 너무 높으며 세계에서 가난하고 질병이 많은 도심에 속한다. 그곳은 심각한 도시 공해로 인한 호흡기 곤란, 식수와 전기의 부족 등 현실적으로 심각한 환경 문제를 안고 있다. 먹고살 길이 없는 산에서 내려와 도심으로 향하는 그들의 마음을 이해하지 못하는 것은 아니다. 그러나 산에서 내려와서도 별다른 일거리를 찾지 못해 노숙자가 되는 사람들을 많이 볼 수 있다.

네팔 어로 '번다'는 우리말로 '닫다', '걸어 잠그다' 즉 '총파업'이라는 뜻이다. 현재 네팔의 80퍼센트에 가까운 지역이 마오이스트의 지배하에 있으며 이들에 의한 번다가 자주 선포되고 있다. 이 기간 동안에는 모든 차량이 통행금지며 상점도 문을 열 수 없다. 또한 번다일에 공항에 도착하면 호텔까지 걸어서 가야 하는 낭패를 본다. 한마디로 도심 전체가 총파업에 들어가는 것이다.

네팔은 열악한 환경과 가난에 시달리면서도 히말라야로 가면 천혜의 자연수가 흐르는 물과 신선한 공기 속에 낙천적인 삶을 사는 사람들이 있는데 그야말로 극과 극이다. 나는 네팔에 히말라야가 있어 행복했고 많은 것을 그곳에서 얻고 돌아온 사람으로서 히말라야 사람들에게 돌려주어야 할 것이 많은 것 같다.

생각해 보면 이 세상에 도움의 손길이 필요한 사람들과 나라가 참 많다. 지진으로 폐허가 된 아이티, 내전으로 인해 한 끼를 먹기도 힘든 아프가니스탄의 아이들, 아프리카, 캄보디아, 필리핀 등 관심을 가져야 할 나라가 무척 많다.

이제 적극적으로 세계는 하나라는 생각을 가져야 할 때다. 지구는 같은 원 안에 살고 있는 가족이나 다를 바가 없다. 그러므로 함께 숨 쉬고, 자연을 공유하고, 서로 도우며 살아야 하는 것이다.

세계에서 가장 높고 아름다운 산이 있는 네팔이 다시 행복 지수가 가장 높은 나라로 돌아가기를 바란다. 히말라야를 닮은 사람들이 사는 그곳, 산간마을 사람들의 선한 눈망울이 언제까지나 히말라야에서 환하고 밝게 미소 지을 수 있기를 기도한다.

경험은 자신의 실수에 부여하는 이름이다.

오스카 와일드

신에게 드리는 간절한 기도

일본의 명산 중에 하나인 규슈(九州) 지방의 구주산(久住山)에 올랐다. 해발 1,787미터. 구마모토(熊本)현과 오이타(大分)현에 걸쳐 있는 9개의 봉우리로 이루어진 산 중에 하나인 구주산은 5월이면 철쭉이 장관을 이루는데다가 괜찮은 온천도 많아 한 해에도 수십 만 명의 사람들이 즐겨 찾는 산이다.

특히 한국에서 가장 가까운 일본 규슈 지방은 거대한 분화구에서 유황가스가 흘러나오는 살아 있는 활화산으로 유명한 아소산(阿蘇山 · 1,592미터)과 벳부온천, 일본 여성들이 선호한다는 유후인 마을 등이 있어서 한국 사람들도 많이 찾는 관광지다.

규슈에서 가장 높다는 구주산은 1,330미터 고지에서부터 시작된다. 안개가 자주 낀다는 이야기를 들었는데 아니나 다를까 산행 시작부터 안개가 자욱이 껴 한 치 앞도 보이지 않았다. 일행들의 움직임이 불안해 보이기 시작했다.

"괜찮을까요?"

함께 온 모 일간지 기자가 물었다.

"괜찮아, 하늘이 도울 거야."

어디서 온 자신감인지 나는 선뜻 괜찮을 거라는 말을 내뱉었다. 사실 낮은 산이건 높은 산이건 산에 오를 때 날씨는 최우선으로 체크해야 한다. 그런데 조금만 뚫고 올라가면 괜찮아질 것 같다는 느낌이 들었다. 아니나 다를까 20여 분 안개를 딛고 오르다 보니 어느새 전망대 발아래로 아득히 운해가 깔려 있었다.

"엄 대장님은 날씨를 읽으시나 봐요?"

언제 안개가 자욱했었냐는 듯 파랗게 펼쳐지는 하늘을 보며 일행이 놀랍다는 표정으로 물었다. 날씨. 기상 캐스터들이 가장 곤욕스러운 것이 하루 종일 맑은 날씨가 계속될 것이라고 예보했는데 갑작스럽게 비가 왔을 때란다. 그 뒤로 항의 전화가 빗발칠 때 아주 당혹스럽다는 이야기를 들은 적이 있다.

날씨를 관측하는 기상청에서 대기 중에서 일어나는 각종 현상을 관측, 종합하여 전하는 것이 캐스터의 역할이다. 관측된 날씨를 예상할 뿐 기상 캐스터라고 해서 자연의 섭리를 알 수는 없다. 더욱이 환경이 파괴된 요즈음의 날씨는 너무나 변화무쌍하여 예측할 수 없는 것이 사실이다. 기상 캐스터처럼 날씨를 정확히 예측하는 나로서도 최근의 기상이변은 참으로 안타깝기만 하다.

산에 자주 오르는 나에게 있어 날씨란, 특히 산속의 날씨란 신의 숨결과도 같다. 죽음의 고지라는 히말라야 8,000미터에서 정상에 오를 때 아무리 날씨가 맑더라도 바람이 불 것이냐 눈사태가 날 것이냐 매순간 느껴지는 온몸의 감각은 영혼의 안테나에 맡겨야 한다. 순간의 판단이 엄청난 사고를 불러일으키기 때문이다. 그 후부터 나는 어느 순간 우연히 닥친 상황 앞에서 내 온몸이 날씨를 감지해 내는 감각이 생겼음을 느낄 수 있었다.

대한산악연맹 관계자들과 일본 조총련산악회 10주년 산행 참석차 하루 전에 일본에 도착했다. 공항에서 버스를 타고 이동하는데 엄청난 비가 쏟아졌다. 태풍주의보가 내렸다고 했다. 장대처럼 쏟아지는 비는 그날 밤에 이어 새벽까지 그칠 줄 몰랐다. 사람들은 하필이면 이런 날 행사를 잡았냐고 당혹스러워했다. 큰 행사였지만 그런 우기 속에서 진행하기는 어렵다며 취소하자는 말이 나왔다. 내게 어떻게 생각하느냐고 묻는 그들에게 나는 비가 그칠 것이니 괜찮다고 행사를 진행하자고 했다.

계속 내리는 비로 인해 사람들이 웅성거리기 시작했다. 그때 철학자 도올 선생을 비롯해 행사에 참여한 많은 분들이 내게 물었다.

"엄 대장, 이렇게 비가 그칠 줄 모르고 오는데 뭐가 괜찮다는 거야?"

"괜찮습니다. 내일 산행 시작 전에 꼭 비가 그칠 겁니다."

그저 내 몸이 느낀 감각이 그렇게 말하고 있었다. 사람들은 모두 내 얼굴을 쳐다보았다.

행사 당일, 차량이 산 입구에 도착했을 때였다. 알사탕을 받고 울음을 멈춘 아이처럼 빗줄기가 뚝 그쳤다. 그리고 하늘에서 밝은 태양이 비추는 것이었다.

"엄 대장은 날씨를 읽으시나 봐요?"

그때도 누군가 내게 그렇게 물었던 것 같다. 내 몸에 어느 순간부터 날씨를 감지하는 감각이 생겼다 해도 나는 내가 판단을 내릴 때 하늘이, 신이 돕고 있다고 생각한다. 자연은 위대하다. 아무리 인간이 뛰어난 감지력을 가지고 있더라도 어찌 바람의 길을 돌릴 수 있겠는가. 신이 돕고 있기 때문이다. 정말 그렇다. 그렇지 않았다면 내가 어떻게 히말라야 8,000미터 고산 죽음의 지대에서 살아 돌아왔겠는가.

인도의 대통령이자 철학자였던 라다크리슈난이 이렇게 말했다.

"조금 알면 오만해진다. 조금 더 알면 질문하게 된다. 거기서 조금 더 알게 되면 기도하게 된다."

정상을 눈앞에 두고 산에 오를 때마다 지금 올라야 할지, 조금 더 기다려야 할지, 아니면 여기서 포기하고 돌아가야 할지를 판단한다. 산에 대적하여 욕심을 부리는 것은 추호도 용납되지 않는다. 포기할 때는 단숨에 포기해야 한다. 날씨가 아무리 좋고 자신감이 충만하며 컨디션이 최상이라서 정상에 오르기로 판단했다고 하더라도 나는 산에 오르기 전에 간절히 그리고 아주 겸허하게 기도한다.

'히말라야 신이시여! 하늘이시여! 나를 도와주소서!'

그동안 히말라야와 하늘은 나를 있는 힘껏 도와주었다. 그랬기 때문

내가 가는 길이 늘 화창하기만 했던 것은 아니다. 하지만 마음이 모이면 좀 더 나눌 수 있듯 하늘은 우리의 마음을 닮은 맑은 해를 보여 준다. 먹구름이 가득하거나 매우 화창하거나 그 경계를 넘나드는 하늘이 다시 '맑음'으로 다가오고 있다. 늘 갠 날이 지속되기를 바란다.

에 세계에서 가장 높은 산 16개 봉우리를 모두 오르고 돌아오는 길에 비행기에서 나는 한 치의 망설임도 없이 내가 앞으로 해야 할 일이 무엇인가를 깨달을 수 있었다.

그동안 히말라야와 하늘이 나를 도와준 것처럼 이 세상 사람들에게 손길을 뻗치라는 것. 그것은 히말라야와 하늘의 계시였다. 그렇게 해서 만들어진 것이 엄홍길 휴먼재단이다. 내 이름을 내걸었지만 여기에는 나와는 비교도 안 되는 수많은 훌륭한 분들이 이 세상에 어려운 사람들을 위해 봉사하고 있다.

일본의 명산 구주산에 올랐다가 내려오는 길을 함께했던 일간지 기자에게 나는 그런 이야기를 했다. 간절한 기도는 하늘이 도와준다고. 하늘이 도운 것처럼 우리도 세상을 위해 일해야 한다고. 수백 번의 산행은 나에게 그 진리를 가르쳐 주었다.

일본의 구주 산행은 이번이 처음이다. 살아 있는 활화산을 등반한다는 것, 그것은 좀 색다른 느낌이었다. 산 곳곳에서 풍겨 오는 유황 냄새가 이 산이 언제 다시 솟구치며 타오를지 모른다는 생각이 들게 했다.

구주산 정상을 지나 규슈 최고봉인 나카다케(中岳 · 1,791미터)와 홋케인온천(法華院溫泉)을 지나 조자바루(長者原 · 1,035미터) 등산로 입구에서 마치는 15킬로미터, 총 7시간의 산행을 끝내고 돌아오면서 나는 오늘도 산에서 신을 만나고 대화했다는 사실이 참으로 기적 같았다. 신이 나의 판단에 앞서 나의 기도를 들어주었다는 것이 고맙고 감사했다. 언제나 자연 앞에 두 손 모아 엎드려 큰절을 올린다.

가장 장수한 사람이란 가장 많은 세월을 산사람이 아니라
가장 뜻깊은 인생을 체험한 사람이다.

장 자크 루소

느린 걸음

시간이 날 때면 주저 없이 나는 산에 오른다. 조금 빠르게, 조금 느리게 오르고 올라 본다. 숨이 차기도 하고 땀이 나기도 하지만 계속 산에 오른다. 산에서 마주치는 사람들은 늘 나에게 이렇게 묻는다.

"엄 대장님도 땀을 흘리시네요. 숨이 차신가 봐요."

그러면 나는 웃으며 그들에게 대답한다.

"그럼요, 저도 사람입니다."

히말라야 고산에 모두 올랐을 때 주변 사람들이 내게 지어 준 별명은 작은 탱크였다. 작은 키를 가졌지만 단단해 보이고 거칠 것이 없는 사람처럼 느껴진다고 지어 준 별명이다. 그러나 그 별명이 단지 외모만을 나타내는 것은 아닐 것이다. 산에 오를 때 뿜어져 나오는 강인한 나의 인상 때문이리라.

이런 질문을 받은 적이 있다.

"히말라야 8,000미터급 고산에 오르다가 300미터 정도 되는 산에 오르는 건 너무 쉽죠?"

나는 산의 높이에 대해 질문을 받으면 늘 같은 대답을 한다.

"낮아도 산입니다. 산은 산일 뿐입니다."

아무리 고산에 오른다고 해도 등반의 시작은 낮은 곳부터다. 낮은 곳이 내가 도전해야 할 첫 대상이고 그때 품는 마음가짐이 '첫 마음'이라고 할 수 있다. 누구나 처음부터 고산에 오를 수는 없다. 고산에 오르는 한 달간의 시간에 비하면 그 2배 이상의 시간을 정신과 몸을 단련하는 데 보내야 한다.

그러나 보통 사람들은 과정을 무시하고 내가 고산에 모두 오른 것, 즉 결과만을 중요시한다. 고산에 오르는 것만큼이나 긴 연습 기간을 통해 좌절과 실패의 고통을 겪은 과정은 어디에도 없는 것 같다. 그러나 나는 그들에게 그런 나의 노력을 알아 달라고 하기 이전에 다른 시선을 갖도록 애쓴다.

코끼리와 거북이를 좋아하는 나는 아무래도 느린 삶을 거스를 수 없는 사람인가 보다. 남들에게 해가 되지 않는 동물을 생각해 보라고 하면 단연 코끼리와 거북이를 먼저 떠올린다. 나는 산에서 만난 사람들에게도 동물의 느린 삶을 떠올려 보라고 권한다. 그들의 몸에서 배어나는 느림의 아름다움을 말이다.

코끼리와 거북이의 주름에서 나는 시간을 본다. 늙고, 나이 들기는 사람이나 동물이나 마찬가지지만 그 긴 시간의 흐름을 느낄 수 있다. 그리고 삶의 과정을 되돌아보게 된다. 20년간 고산에 오르며 나의 길을 돌아본 적이 없다. 그저 목표를 향해 오르고 올랐을 뿐이다. 그러나 지금 그간 나의 삶을 돌아보면 얼굴과 손, 온몸에 문신처럼 박혀 버린 주름이 시간을 대신 보여 주고 있는 것 같다. 어느 날은 웃어서, 어느 날은 울어서, 어느 날은 고통스러워서 생겨난 주름은 나의 삶을 돌아보게 해 준다.

생각해 보면 나는 지금까지 코끼리와 거북이처럼 느린 걸음으로 살아온 것 같다. 때로는 산에서 눈보라가 몰아쳐 정상을 눈앞에 두고 돌아서 내려오기도 했고, 베이스캠프에서 산악 장비를 하나하나 점검하며 모두의 생명과 연결된 끈을 놓지 않으려고 애쓰기도 했다.

내게 느림은 평안함과 온화함, 그리고 겸손함을 일깨워 준다. 가만히 서서 내 등 뒤를 돌아보게 해 주고 내가 아닌 남의 눈도 깊이 들여다보게 한다. 그 속에서 나는 사랑이 생겨나는 것 같다. 그 대상이 자연이든 동물이든 사람이든 모두 하나같이 가장 높은 곳을 향한 삶을 지향하지만 결국 가장 낮은 곳의 겸손함을 잃어버린 후에는 모든 것을 잃은 것이나 다름없다는 사실을 깨닫게 해 주는 것 같다.

산에 오르는 사람들도 산속에서 자연과 호흡하는 공생을 경험한다. 함께 오르는 사람과 동료애를 느끼며 상생을 경험한다. 하지만 그것은 누군가와 늘 함께 맞춰 걸어갈 때에만 느끼고 경험하게 된다.

나는 장수 동물이라고 알려져 있어서 코끼리나 거북이를 좋아하기 시작했는지도 모른다. 사람이라면 누구나 생명을 보존하고 싶은 기본적인 욕구가 있기 때문이다. 그러나 지금은 코끼리나 거북이를 보며 앞으로 내가 살아가야 할 방향을 다시 설정하곤 한다. 여행을 다녀올 때마다 한 마리씩 늘어 가는 나무로 만든 코끼리나 거북이를 본다. 앞으로 나의 인생도 느린 걸음으로 한 발짝씩 다시 인생의 에베레스트를 세우며 걸어가야겠다고 다짐한다. 사람들의 마음에 베이스캠프를 친 나의 등정이 반드시 많은 희망 에너지를 전달하는 그날까지 말이다. 코끼리와 거북이의 장수하는 생을 좀 빌려와서라도 오래오래 희망을 전하고 싶다.

정열은 강이나 바다와 가장 비슷하다.
아픈 것은 소리를 내지만
깊은 것은 침묵을 지킨다.

알베르 카뮈

영혼을 담은 목걸이

세계의 지붕이라고 불리는 히말라야는 어떻게 해서 생겨났을까.

지금으로부터 1억 2,000만 년 전, 남극 쪽에 있던 인도판이 서서히 북쪽으로 이동하다가 5,000만 년 전부터 북쪽의 유라시아판과 부딪치기 시작했다. 그때 인도와 유라시아 대륙의 충돌에 의해 솟아오른 산이 바로 히말라야다. 그러니까 에베레스트 산을 비롯해 히말라야 산들이 옛날에는 바다의 밑바닥이었던 것이다. 가장 깊었던 바다의 밑바닥이 가장 높은 산이 된 셈이다.

나는 해군으로 군대 시절을 보냈다. 그것도 가장 혹독한 훈련을 시키기로 유명한 해군특수부대 UDT에서 수시로 바다 속으로 들어가는 훈련을 했다. 바다 속으로 들어가 산호 사이를 유영하다 보면 마치 산 속을 걷고 있는 것 같은 착각이 들 때가 있었다. 파란 하늘과도 같은 파란 물속에 솟구친 산호 사이로 지나다니는 물고기들, 그리고 때때로 마치 눈처럼 부서져 내리는 산호 가루들….

바다 속으로 헤엄쳐 깊숙이 들어갈 때면 마치 8,000미터 히말라야에 오르는 느낌을 받고는 했다. 아주 오래전 히말라야가 바다 밑바닥이었다고 생각하면 무척 신비롭다. 그곳에는 6만 5,000년 전에 생성된 암모나이트가 묻혀 있다. 또한 산의 절벽에는 바이발브라는 조개 모양의 화석이 있는데 이것은 그 동물이 살던 곳이 따뜻한 바다였음을 알려 준다. 수만 년 전 산호, 해초, 조개 등이 토적되어 만들어진 산호석.

1996년 히말라야 원정 때 나도 하나 구입했는데 이제는 떼어 놓고 있으면 불안하기까지 하다. 나에게는 일종의 부적인 셈이다. 티베트 인들은 이 목걸이를 걸고 다니면 불운으로부터 자신을 지켜 준다고 믿는다.

현지에서는 지(Dzi)라고 부른다. 보통 zee라고 발음하고 산스크리트어로는 메차카(Mechaka)라고 한다. 그런데 이 지를 해외에서는 지 비드(Dzi bead)라고 부르기도 한다. 영어 bead는 구슬을 뜻한다. 중국에서는 지를 천주(天珠)라고 부른다. 우리말로 풀이하면 하늘진주로 해석될 것이다. 바다의 진주가 아니라 하늘의 진주라니! 생각할수록 멋지다.

히말라야에서 지는 부처를 뜻한다. 지를 자세히 들여다보면 동그랗게 보이는 문양이 있다. 그 문양을 티베트 어로 미그(mig)라고 부르는데 우리말로 눈(眼)이라는 뜻이다. 산호석은 제3의 세계를 직시하는 눈이 있어서 에너지를 발산한다고 한다. 불운으로부터 보호해 주는 것은

히말라야 사람들은 끊임없이 기도한다. 시간과 장소에 구애 받지 않고 그들의 소망을 말한다. 이 목걸이는 히말라야 사람들에게 부적 같은 것이다. 손수 만들어 사람들의 행복을 빌어 주는 그들의 소박한 마음이 담겨 있다.

물론 행운도 가져다준다고 한다.

이 목걸이를 걸고 다니면 내 안에 바다와 산이 함께 담겨져 있는 느낌이 든다. 수만 년 전의 깊은 바다, 그리고 내가 올랐던 8,000미터 히말라야가 담겨 내 안에서 이루어지는 또 하나의 거대한 공간감과 함께 나의 가슴에 끊임없는 도전과 포부, 용기를 주는 것 같다. 그리고 나 역시 자연의 일부라는 사실, 산호 목걸이 속에 바다와 산, 수만 년의 역사가 들어 있듯이 우리 몸속에도 바람과 구름, 아주 먼 세월이 들어 있다는 감회에 잠긴다. 나는 지를 통해 영롱한 자연과 영혼, 그리고 시간을 느낀다.

느림이란
살아가는 동안
나 자신을 잃어버리지 않을 수 있는 능력과
세상을 받아들일 수 있는 능력을 키우겠다는
확고한 의지에서 비롯되는 것이다.

피에르 상소

아날로그 인간

예전에 뉴스에서 이런 기사를 본 적이 있다. 요즘 청소년들이 휴대전화로 음악을 듣고 웹 검색을 많이 한다는. 하루 24시간 중 컴퓨터 앞에 앉아 시간을 보내는 일이 많아졌고, 평균 하루에 500통이 넘는 문자를 사람들과 주고받는다는 것이다. 이 통계는 전화를 포함한 모든 미디어를 통합해서 1일 동안 산정한 수치라고 한다.

이렇듯 아이들은 잠들 때까지 TV나 인터넷에 올라온 동영상을 본다고 했다. 쉽게 말해 아이들이 눈을 뜨고 있는 시간에는 온통 미디어에 노출되어 있다고 생각하면 되는 것이다. 전자 미디어에 중독된 청소년들이 자꾸 늘어만 가고 그 수가 너무 많아진 것 같아 마음이 착잡했다.

보통 대중교통을 자주 이용하는 나에게도 그런 아이들과 성인의 모습이 눈에 많이 띄기 시작했다. 지난 달 강의가 있어서 지하철을 타고 이동하는 도중, 지하철에 앉아 있는 사람들을 유심히 바라보게 되었다. 모두 한결같이 두 눈을 한곳에 고정시키고 깜빡이지 않았다. 자신들이 손에 들고 있는 전자기기 속 세상에 갇혀 있는 사람들처럼 보였다.

요즘은 휴대전화로 메일을 보내고 인터넷을 할 수 있을 뿐만 아니라 TV 시청까지 가능하다고 한다. 원하는 것은 손가락 터치로 쉽게 얻을 수 있는 세상이 된 것이다. 그야말로 자신의 몸 안에 있는 장기의 일부인 것처럼 전자 미디어를 손에서 놓지 않고 사는 것이다.

간혹 책을 읽는 사람들을 발견하면 그 사람은 지하철이나 도로변에서 외계인처럼 보이기까지 한다. 옆 사람이 휴대전화로 문자를 보내고 있거나 TV를 시청하고 있으면 나 또한 울리지도 않은 전화기를 살피게 된다.

왜 이런 불안함과 초점을 잃은 눈으로 전자기기에 지배당한 채 살아가야 하는 것일까. 나 자신은 가상공간 속에서 종일 허우적대다가 결국 눈을 감고 잠을 자는 동안만 현실 세계로 돌아와 있는 것인가. 그렇게 하루에 전자 미디어에 노출되어 있는 시간은 얼마나 될지 정말 어마어마할 것 같다는 생각이 들었다. 또한 그 시간이 늘어나는 것에 대해 이미 무감각해진 사람들은 앞으로 얼마나 더 뛰어난 디지털 문화를 선호할지도 궁금해졌다.

나는 갑자기 히말라야 산간마을에 살고 있는 아이들이 떠올랐다. 그들은 가끔 산행을 하는 사람들이 가지고 있는 사진기나 노트북을 신기한 듯 바라본다. 처음 보는 물건이기 때문이다. 휴대전화는 말할 것도 없다. 알고 있는 전자 제품이라야 고작 유선전화기가 전부인 그들의 눈에는 딴 세상 사람들이 지닌 물건인 것이다.

하지만 히말라야 아이들은 물자가 부족한 생활환경 속에서 기계문명에 뒤지지 않는 꿈과 희망을 품고 살아간다. 아침부터 저녁까지 온통 산으로 둘러싸인 고지대에 살면서 산간을 층층으로 개척해 만든 감자밭을 일구는 일을 할지라도 아이들은 함께 뛰놀며 해가 지는 석양을 벗 삼아 꿈을 키워 간다. 그렇게 공동체 생활에서 깨달을 수 있는 나눔과 희생정신을 배우고 있다.

도심의 아이들은 뭔가에 쫓기듯 불안한 표정으로 다리를 떨며 자리에 앉아 있는 경우가 많다. 그들의 눈은 꿈을 잃어 가고 있는 것 같다. 기계문명 속으로 빠르게 흡수되는 아이들은 자신도 모르게 고속으로 개인주의와 이기주의에 빠져들고 있는지도 모른다.

삭막한 개인주의 사회에서 자라나는 우리 청소년들은 정신적으로 매우 나약하다. 자연과 함께하는 단체 생활을 통해 인내심과 배려, 양보심, 모험 정신, 희생정신을 키울 수 있는데도 그들은 귀찮다는 이유로 기회를 뭉개 버린다. 자신의 꿈을 이루기 위해 미쳐야 할 그들, 자신의 열정을 위해 노력하고 그곳에 시선을 두어야 할 그들과 산행을 하고 싶다는 생각이 들었다. 한때 내가 히말라야 8,000미터 고산을 목표로 미친 듯이 도전했던 그때의 자신감과 도전 정신을 그들과 공유하고 싶다는 생각이 들었다.

사람은 자연과 하나 되어 살아갈 때만이 아름다울 수 있다. 컴퓨터 속 가상공간에서 만난 사람들이 아닌 자연과 대화하고 그것의 변화를 몸으로 느끼며 아름다움을 깨달을 수 있어야 한다. 세상의 모든 숨을 쉬는 것들과 공유할 수 있는 생명의 숨을 쉬어야 하는 것이다.

나는 답답한 것을 굉장히 싫어한다. 특히 높게만 올라가는 건물을 보면 숨이 막힌다. 그래서 다시 산으로 발길을 옮긴다. 카트만두에서 히말라야로 경비행기를 타고 들어간다. 그때부터 내게는 숨을 쉴 수 있는 시간이 허락된다. 락스나 세제 냄새 등 인공적인 냄새를 떠나 바람이 지나가는 대자연의 품으로 들어가는 것이다.

나는 아날로그 인간이다. 그래서 청소년들이 강인한 도전 정신과 개척 정신을 배울 수 있도록 산과 자연 속에 교육의 장을 만들어 갈 생각이다. 수많은 위험에 대처하려면 그것을 몸으로 이해하고 실패를 느껴봐야 한다. 그때 무엇보다 자신감이 중요하다는 사실을 깨닫게 된다. 나는 그들에게 자신감도 연습하면 된다고 일깨워 주고 싶다. 점점 편한 것을 추구하는 세상이라 레저 활동도 쉽고 편하게 할 수 있는 것만 찾는다고 하지만 고난 속에서 자신감과 겸손을 배울 수 있다는 진리는 반드시 깨달았으면 좋겠다.

나는 우리 집 아이들에게 존댓말을 한다. 어른에 대한 공경심을 알려 주기 위해서다. 아이들은 어느새 그런 나의 언행을 조금씩 따라하기 시작했다. 덕분에 밖에서 만난 어른들에게도 공손히 인사하고 대화했다. 배움의 첫 걸음이다. 이렇듯 연습을 통해 경험하는 삶의 지혜가 있

히말라야로 향한다. 산으로 간다고 생각하니 겨우 숨통이 트인다. 20년이 넘도록 산에 오르며 나는 어느새 자연의 일부가 되어 버린 것 같다.

루크라 공항에 도착했다. 히말라야 냄새가 코끝에 와 닿는다. 크게 한 번 숨을 들이마셨다 뱉는다. 산내가 나는 산사람의 모습으로 돌아간 것 같다.

는 것이다. 그것은 책이나 인터넷 검색을 통해서 얻을 수 없는 진리다. 조금 느리게 자연과 더불어 살아갈 때만 느끼고 볼 수 있는 참다운 지혜의 눈인 것이다.

나는 조그만 수첩을 늘 들고 다닌다. 수첩에 길게는 1년 짧게는 당장 내일의 스케줄을 체크하고 약속을 꼭 지키려고 애쓴다. 전자수첩이나 전화기에 요즘은 스케줄 관리를 할 수 있는 기능이 있다고 하지만 나는 아무래도 아날로그 인간인 것 같다. 아직 걸고 받고 읽고 지우는 것 외에 휴대전화에 전화번호를 저장하는 법도 잘 모른다.

그러나 오늘도 나는 멈추지 않고 걸어간다. 아직 나는 디지털 시대의 사람들에게 아날로그 시대의 참모습을 보여 줄 것이 매우 많기 때문이다. 결국 나를 잃어버리지 않고 미래를 향해 걸어갈 수 있는 자신감을 계속 연습하고 있는 것이다. 그리고 사람을 향한 희망봉은 구태여 전자 미디어를 통해 빠르게 오를 필요가 없는 것 같다.

좋은 책을 읽는다는 것은
과거의 가장 훌륭한 사람들과 대화하는 것이다.

르네 데카르트

내가 사랑하는 책

나는 우리나라에 여성 산악인들이 있다는 사실을 무척 자랑스럽게 생각한다. 남성 산악인들도 오르기 힘든 히말라야 거봉 8,000미터를 오르는 여성 산악인이 있기에 산악인으로서 매우 뿌듯하다. 이처럼 나를 자랑스럽게 만드는 여성 산악인 중에 한 명이 오은선 씨다. 그녀는 히말라야 칸첸중가(8,568미터)를 무산소 등정하여 정상에 올랐다. 더욱이 이번 2010년 4월에 그녀가 오른 안나푸르나는 여성으로서 세계 최초로 히말라야 14좌를 이뤄 낸 꿈의 도전이었다. 지난해 10월 이미 그녀는 안나푸르나에 도전했으나 악천후 때문에 눈물을 머금고 내려온 경험이 있다.

올해 나이 마흔넷. 그러나 그녀에게 나이란 숫자에 불과하다. 그녀의 뚝심과 체력, 정신력은 선배인 나도 본받을 만하다. 그녀가 세계 여성 최초로 히말라야 8,000미터 14좌 완등에 성공했다. 그것은 세계에 한국 여성의 위상을 세우는 일이었다. 그녀가 세상에 우뚝 서기를 바라며 그녀와 함께 KBS 프로그램 〈낭독의 발견〉에 출연한 적이 있다.

산악인으로서 나도 책 읽는 것을 좋아하지만 그녀도 책을 읽고 글을 쓰는 것을 좋아한다.

그녀는 시인이자 산악인이며 대학교수였던 김장호 선배의 「나는 아무래도 산으로 가야겠다」를 낭송했다.

나는 아무래도 산으로 가야겠다.
그 외로운 봉우리와 하늘로 가야겠다.
묵직한 등산화 한 켤레와 피켈과 바람의 노래와 흔들리는
질긴 자일만 있으면 그만이다.
산허리에 깔리는 장밋빛 노을과 동트는 잿빛 아침만 있으면 그만이다.

나는 아무래도 다시 산으로 가야겠다.
혹은 거칠게, 혹은 맑게, 내가 싫다고는 말 못할
그런 목소리로 저 바람 소리가 나를 부른다.
흰 구름 떠도는 바람 부는 날이면 된다.
그리고 눈보라 속에 오히려 따스한 천막 한 동과 발에 맞는 아이젠,
담배 한 가치만 있으면 그만이다.

나는 아무래도 다시 산으로 가야겠다.
칼날 같은 바람이 부는 곳,
들새가 가는 길, 표범이 가는 길로 나도 가야겠다.
껄껄대는 산 사나이들의 신나는 얘기와 그리고
기나긴 눈벼랑 길이 다하고 난 뒤의
깊은 잠과 달콤한 꿈만 있으면 그만이다.

원래는 메이스필드 「바다에의 열병」을 김장호 산악인이 「산」으로 바꾸어 패러디한 시다. 산악인 김장호 선배의 글은 나도 좋아한다. 동국대학교 산악부의 지도 교수로 1977년 에베레스트 원정 훈련대장을 맡아 설악산 눈밭에서 산악인 고상돈 등과 함께 뒹굴기도 했던, 그는 향가를 전공한 국문학 박사이자 6권의 시집을 낸 시인이기도 하다. 김장호 선배의 글을 읽으며 나도 산에 올랐고 산과 산악인을 표현한 글에 감동을 받고 밑줄을 긋기도 했다.

어쩌면 구도자나 등산가는 모두 현실과 이데아의 사이, 지상과 영원의 사이에서 인간의 육신을 끌고 다 같이 앓고 있는 사람들일지도 모른다. 사실 우리가 값지게 여기는 것은 깨달은 자의 일갈(一喝)이나 개안자(開眼者)의 술회 또는 정상에 선 자의 환희에 넘치는 그 영탄이 아니라 구도의 도상에 넘어지며 고꾸라지며 돌부리에 차이는 그 현장, 그러면서 이를 악물고 정상으로 기어 붙는 그 의지의 기록이다.

이제 그는 고인이 되었다. 산을 사랑한 김장호 선배의 글을 읽는 오은선 대장의 결의와 여성임에도 불구하고 외롭고 험난한 길을 택한 용기에 박수를 쳐 주고 싶다.

시간과 상황 때문에 책을 읽지 못하는 경우가 대부분이지만 산에 오를 때 나는 꼭 1~2권의 책을 배낭 속에 챙긴다. 텐트 안에서 읽으면 마음이 편안해지는 책들로. 나는 김장호 선배처럼 시인도 아니고 문장가도 아니지만 책을 사랑하는 산악인으로서 내가 사랑하는 책과 좋아하는 시에서 감동을 받은 구절이 많다. 드라마 〈모래시계〉 주제가가 된 시 「백학」의 저자로 유명한 러시아의 라슬 감자토비치 감자토프의 시 「길」이라는 시도 가끔 텔레비전 문화 프로그램에 나오면 낭송하곤 한다.

산길을 따라 걷노라면,
거기에는 계곡이라는 함정이 숨어 있지
천지를 부술 듯한 물소리는 망상을
복잡한 망상의 화신에게서 떼어 놓지

내게 말했지, 어떤 보상도
그만큼 괴로워해야 할 가치가 있다는 것을!
망상을 저주하라, 그러기 위해 투쟁하고
목숨까지 걸 필요가 있는 그것을!

나는 걸었지. 길에서 아우성치던 눈보라
나는 걸었지. 여정을 따뜻이 덥혀 주던 사랑
우리는 서로 손을 내밀어 마주 잡았고
서로 도우며 걸었지….

나는 〈낭독의 발견〉에 출연해 내가 좋아하는 조정권 시인의 「산정묘지(山頂墓地)1」을 낭송했다.

겨울 산에 오르면서 나는 본다.
가장 높은 것들은 추운 곳에서
얼음처럼 빛나고,
얼어붙은 폭포의 단호한 침묵.
가장 높은 정신은
추운 곳에서 살아 움직이며
허옇게 얼어 터진 계곡과 계곡 사이
바위와 바위의 결빙을 노래한다.
간밤의 눈이 다 녹아버린 이른 아침,
산정(山頂)은
얼음을 그대로 뒤집어 쓴 채
빛을 받들고 있다.
만일 내 영혼이 천상(天上)의 누각을 꿈꾸어 왔다면

나는 신이 거주하는 저 천상의 일각(一角)을 그리워하리.
가장 높은 정신은 가장 추운 곳을 향하는 법.
저 아래 흐르는 것은 이제부터 결빙하는 것이 아니라
차라리 침묵하는 것.
움직이는 것들도 이제부터는 멈추는 것이 아니라
침묵의 노래가 되어 침묵의 동렬(同列)에 서는 것.
그러나 한번 잠든 정신은
누군가 지팡이로 후려치지 않는 한
깊은 휴식에서 헤어나지 못하리.
하나의 형상 역시
누군가 막대기로 후려치지 않는 한
다른 형상을 취하지 못하리.
육신이란 누더기에 지나지 않는 것.
헛된 휴식과 잠 속에서의 방황의 나날들.
나의 영혼이
이 침묵 속에서
손뼉 소리를 크게 내지 못한다면
어느 형상도 다시 꿈꾸지 않으리.
지금은 결빙하는 계절, 밤이 되면
물과 물이 서로 끌어당기며
결빙의 노래를 내 발밑에서 들려주리.

처음 이 시를 접했을 때 "가장 높은 정신은 추운 곳에서 살아 움직인다."라는 구절을 읽고 가슴이 뭉클했다. 내 가슴속에 들어 있던 저 높은 히말라야가 꿈틀한 것이다. 16좌를 마치고 돌아와 쓴 책『꿈을 향해 거침없이 도전하라』에 그의 시를 본 따「가장 높은 정신은 가장 추운 곳으로 향한다」라는 소제목으로 글을 쓰며 시를 소개하기도 했다.

히말라야는 일명 신들의 거처라고 한다. 신들이 사는 곳. 신들의 높은 정신은 가장 추운 곳에 있는 것이다.

"만일 내 영혼이 천상의 누각을 꿈꾸어 왔다면 나는 신이 거주하는 저 천상의 일각을 그리워하리."

읽고 또 읽어도 가슴이 뜨거워지는 시다.

나는 달라이라마의『용서』라는 책도 매우 사랑한다. 용서는 단지 자신에게 상처를 준 사람을 받아들이는 것만이 아니다. 그것은 그를 향한 미움과 원망의 마음에서 스스로를 놓아주는 일이다. 그러므로 용서는 자기 자신에게 선사하는 가장 큰 베풂이자 사랑이다.

『용서』 책에 나오는 이 구절을 나는 가끔 용서라는 단어를 산으로 바꾸어 읽는다.

> 산은 단지 자기에게 상처를 준 사람을 받아들이는 것만이 아니다. 그것은 그를 향한 미움과 원망의 마음에서 스스로를 놓아주는 일이다. 그러므로 산은 자기 자신에게 베푸는 가장 큰 베풂이자 사랑이다.

산이 그렇다. 산은 그 모습 그대로가 자기 자신에게 베푸는 베풂이자 사랑이다. 산은 나를 너무도 많이 용서해 주었고, 은혜를 베풀어 주었다.

세계 최초 히말라야 8,000미터 14좌 완등을 한 이탈리아 산악인 라인홀트 메스너가 쓴 『검은 고독 흰 고독』 『죽음의 지대』 『나는 살아서 돌아왔다』, 그리고 에베레스트에서 조난 당한 18명의 남녀가 희박한 공기 속에서 벌인 자신과의 투쟁을 그린 책 존 크라카우어의 『희박한 공기 속으로』, 히말라야 산골마을 사람들과 차 세 잔을 마시고 가족이 되어 78개의 학교를 세운 어느 등반가의 감동적인 실화를 담은 이야기 『세 잔의 차』 등 주로 산과 관련된 책들을 많이 읽고 좋아하지만 법정 스님의 『무소유』, 그리고 틱낫한 스님의 『마음에는 평화 얼굴에는 미소』 책도 사랑한다.

많은 산악인들이 책을 즐겨 읽기를 바란다.

누군가 나에게 그런 말을 한 적이 있다. "여름 산에 올랐을 때 푸르고 시원한 초록 그늘 자리 하나 찾아 책을 읽고 있는 사람의 모습이 가장 아름답다."라고. 이렇듯 책은 사람을 빛나게 한다.

책장을 넘기는 손길이 더 많아졌으면 좋겠다. 책을 보고 울고 웃는 얼굴이 더 많아졌으면 좋겠다. 책에 대해 이야기하는 목소리가 여기저기 구석구석에서 들렸으면 좋겠다. 산속에 들어앉아 나무의 또 다른 열매인 책을 읽으며 자연과 교감을 나누면서 사는 삶이 점점 더 많아지는 세상이 되었으면 좋겠다.

어머니의 몸이야말로 언제까지나 사람들이 동경하는 최초의 집이다.
그 속에서 인간은 안전했으며 또 몹시 쾌적하기도 했다.

지그문트 프로이트

나를 밝히는 백야

빈슨매시프의 백야를 기억한다. 그리고 나의 어머니의 마음도 24시간 떠 있는 태양처럼 늘 나의 길을 밝혀 주셨을 것이라 생각한다. 나 스스로 좋아서, 미쳐서 산에 올랐다. 내 몸뚱이가 나만의 것이라는 생각에 목숨을 건 사투를 벌였다. 그리고 이제 히말라야 8,000미터 고산에서 내려와 두려움을 가슴에 묻었다. 이제 지난 20여 년간 한결같이 나와 함께 눈보라가 몰아치는 산행을 했을 어머니의 마음을 조금 이해하게 되었다.

성공보다는 실패가 있었기에 나는 좌절을 딛고 일어섰다. 그리고 살아 돌아왔다. 산에 오르는 것도 큰 문제지만 정작 중요한 건 내려오는 것에 더 에너지를 쏟아야 한다는 점이다. 정말 죽었구나, 이대로라면 정말 죽겠구나, 원망도 참 많이 했다. 산신에게, 그리고 나에게. 그때 나는 온통 한 가지 생각뿐이었다. 흙을 다시 밟으며 살다가 죽고 싶다는.

얼마 전 오랜만에 의정부에 살고 계시는 어머니 댁에 들렀다. 산에서 내려온 뒤 자주 볼 것 같다고 하시던 어머니의 말씀이 귓가에서 맴돌았기 때문이다. 그러나 산에서 내려온 뒤로 더 바쁜 일정을 소화하고 있는 나는 여전히 불효자인 것 같은 마음에 늘 편치 않다.

어머니는 내가 늘 당신의 큰 자랑이라고 말씀하셨다. 어려서부터 언제나 혼자서 뭐든 척척 해결해 나가는 의지가 강한 모습을 보였다고 말씀하신다. 그러나 아직도 어머니 앞에서 나는 한없이 어린 아들일 뿐이다.

내가 히말라야로 향할 때면 어머니는 늘 마음에 짐을 얹고 사셨다고 했다. 취미 생활로 했으면 좋으련만 왜 자꾸 산에 가는지, 모두 당신 탓이라고 말씀하시며 한숨을 내쉬었다. 어려서 산에서 살지 않았다면 그간 산에 오르며 험한 고생은 하지 않았을 텐데, 하시며 말끝을 흐리셨다. 그리고 정상에 한 번씩 오를 때마다 내게 이제는 산에 그만 가라고 당부하셨다.

“좋을 때 그만둬야지.”

나는 어머니의 말에 딴청을 부리며 이렇게 말하곤 했다.

“너무 고생 많으셨어요, 어머니.”

어린 시절 산에서 고생을 하며 키웠는데 잘해 주지도 못하고 미안하다는 말씀을 늘 입에 달고 사셨다. 하지만 못내 내가 산으로 향하는 날이면 나에게 굳은 신념을 보여 주셨다.

"허리 펴고 살아라, 어깨 펴고 살아라."

나는 산에 오르며 생각한다. 물 만난 물고기처럼 나는 산을 만나 산과 하나가 된다는. 가파른 절벽을 힘겹게 오를 때도 나는 웃음을 잃지 않으려고 노력한다. 산과 마음이 통한다고 느낄 때면 이 세상의 모든 것을 가진 것처럼 뿌듯하기 때문이다.

모든 일은 호기심에서 시작되는 것 같다. 산에 살며 중학교 2학년 때부터 산에 오르는 사람들에게 여러 가지 산 장비에 대한 이야기를 들어왔다. 그리고 그것들은 산에 오르며 내 몸속으로 자연스럽게 들어왔다. 설악산에서 1년 동안 산장 생활을 할 때도 그곳은 나의 놀이터가 되어 주었다.

나의 환경이 지금의 나를 이끌었다고 생각하기 전에는 원망도 참 많이 했다. 산을 원망하던 산골 소년이었다. 왜 나는 산에서 살아야 하는지, 왜 우리 부모님은 산속에 집터를 잡으셨는지. 원망했던 순간을 모두 말할 수 없을 정도로 오랜 시간 나의 마음을 불편하게 했다. 그런데도 산에서 오랫동안 생활하다 보니 자연스럽게 나는 산과 자연에 익숙해졌다.

처음 산악인의 길로 들어섰을 때 부모님의 반대가 심했다. 하고많은 일 중에 왜 목숨을 건 일을 택하느냐며 편안한 길을 찾아보라고 수없이 타이르기도 하셨다. 지금 생각하면 불효를 저질렀던 것 같다. 내 마음이 가 닿는 곳으로 발길을 옮겼고, 내 몸뚱이를 나만의 것이라고 생각하며 죽음과 사투를 벌였으니 말이다.

그러나 나는 산악인이 되는 것을 반대하는 부모님께 보란 듯이 정상에 올랐다. 산에 능선이 있듯이 오르막과 내리막이 나에게도 없었던 것은 아니지만 나는 내가 정한 목표를 이루지 못하면 나 자신과의 싸움에서도 지는 것이라 생각하며 오직 한 가지 일에 온 힘을 쏟았다.

이 모든 과정을 지켜보았던 어머니를 생각하며 나는 백야를 떠올린다. 24시간 해가 떠 있는 그것을. 어머니의 마음을 잊지 않으려는 나의 노력이다. 내가 고산에 오르는 동안 어머니는 나와 함께 험한 산에 올랐을 것이다. 내가 추위와 사투를 벌이는 동안 어머니도 함께 추위를 느끼셨을 것이다. 내가 산자락에서 비박을 할 때면 어머니는 집 밖으로 몰려난 자신의 마음을 시린 히말라야에 두고 노심초사했을 것이다.

이제 나는 알 것 같다. 나의 등 뒤에서 그림자처럼 나를 쫓으며 24시간 떠 있는 태양처럼 어머니도 24시간 온 마음으로 나의 길을 밝혀 주셨음을. 그간 헤아리지 못한 어머니의 마음 앞에 이제 머리 숙여 감사의 마음을 전한다.

"어머니, 고맙습니다."

| 제 4 장 |

희망의 날개를 달다

높은 산을 보라.
그것은 이미 하늘과 땅 사이에 있으면서
두 세계를 반씩 영위하고 있다.
그 위대한 모습은
사소한 인간의 번민 따위는 한 입김으로
불어 내던지는 느낌이 있다.
깊은 산골에 숭고한 정적이 있다.
갖가지의 소리를 감춘 침묵 속에서는
무한한 무엇이 물결치고 있다.
거기에 자연은 순화되어 어떤 초자연적인
엄숙한 모습에 이르고 있다.

아그네스 고왈츠

다시 산에 오르는 꿈

나는 산이 좋아 산에 오르는 산악인이다. 그저 내가 미쳐 있는 대상이 산일 뿐, 그 분야에서 최고가 되고 싶다는 생각은 처음 산에 오르던 그때도 지금도 하지 않는다. 다만 나는 자연과 함께하는 나의 삶에 즐겁게 미친 사람이라고 생각한다.

히말라야 8,000미터급 산에 오르는 극한 상황 속에서 한 가지 목표를 위해 몰입했던 경험은 나의 인생을 180도 바꿔 놓았다. 체력의 한계와 죽음에 대한 공포가 없었던 것은 아니다. 그러나 나는 자연에 순응하며 산에 올랐다.

긴장감을 늦출 수 없는 고산 등반은 한 번의 실수로 큰 문제가 발생하기도 하고, 지금 당장 죽을 수도 있다는 생각을 갖게 하는 엄격한 현장이다. 고산 등반 시에는 일상생활을 하면서 흔히 보거나 일어날 수 없는 많은 일을 경험하게 된다. 잠시 인생의 산에 오를 때를 생각해 보면 동료와 함께 목숨을 걸고 살아야겠다는 생각은 하지 않는 것 같다. 그러나 히말라야 고산에서는 다르다. 함께 오른 동료와의 끈끈한 우정은 알고 지낸 시간을 초월해 생의 끈으로 이어진다. 나는 그런 동료의 죽음을 보면서 살아남은 자로서의 죄스러움도 참 많이 느껴야 했다.

모든 부분에서 완벽하게 준비해도 실수를 할 수 있는 등반은 어영부영 넘길 일이 하나도 없다. 신경이 날카로워지면서 예민해지고, 냉정하고 냉철해질 수밖에 없는 곳이 바로 히말라야 8,000미터 산행이다. 등반하기 전에 신발 밑바닥까지 살피며 한 알의 모래라도 들어가지 않았는지, 그것을 침을 발라서라도 꼭 떼고 산행을 시작할 정도로 긴장의 연속이다.

아무것도 아닌 작은 것에서 큰 사고가 날 수도 있기 때문에 점검을 아주 철저히 하는 것이 철칙처럼 되어 버렸다. 하나라도 부족한 것이 있다면 등반을 취소할 정도로 나는 참 꼿꼿하게 살았던 것 같다. 여지가 없던 탓이었다. 그래서 지금도 매사 대충대충 일하는 사람들을 보면 야단을 치게 된다. 한 사람의 부족한 대응이 여러 사람들에게 미치는 영향은 말할 수 없을 만큼 클 때가 있기 때문이다.

왜 그렇게 여유가 없었을까… . 지금 생각해 보면 함께 올랐던 동료나 후배들에게 미안한 생각이 조금은 든다. 그러나 그것은 나 혼자 명예를 얻고자 함께했던 이들을 버리자고 마음먹고 했던 행동은 결코 아니었다. 지금도 그때 내가 한 행동에 대해서는 후회가 없다. 나는 대장으로서 대원들의 일거수일투족을 꿰뚫고 파악해야 했다. 대원들의 정신적, 육체적인 부분들을 모두 파악해서 그들에게 맞는 임무를 주어야 했다.

히말라야 8,000미터를 16번 오르며 10명의 대원을 잃었다. 그리고 나는 부상으로 발가락을 잘라 냈다. 그래서 지금도 발을 절고 있는 상태다. 목숨을 건 사투를 벌인 것이다. 등반을 할 때는 산악인을 지켜봐 주는 관중이 있는 것도 아니고, 누군가 돈을 주는 것도 아니다. 또한 체육인으로서 명예가 서는 일도 아니다. 룰도 없는 이 등반을 목숨을 걸고 하고 있는 것이다.

그저 목표와 꿈이 산에 있었고, 그것을 이루기 위해 오르고 또 올랐던 것이다. 그리고 어느 순간 내가 산이 되고 산이 있음으로 내가 존재한다는 사실을 깨닫게 되었다. 생각해 보면 단순히 산에 오르는 일에서 시작해 내가 산이 되고 싶어 올랐던 것인지도 모를 일이다.

내 꿈은 정상에 있다. 가는 길에 죽을 수도 있지만 이 과정을 거치지 않으면 정상에 오를 수 없다. 남들은 광적인 정복자라고 말할지도 모른다. 때때로 수도 없이 겪어야 했던 처절한 실패를 통해 히말라야가 내린 분노를 받기도 했다. 그럼에도 불구하고 아직도 나의 꿈은 그곳 '높은 곳'에 있다.

나 이제 죽었구나, 생각한 적도 여러 번 있었다. 그러나 나는 나를 받아 줄 자연에 몸을 낮추며 계속 올랐다. 어머니의 품 같은 산으로

거대한 자연 한 귀퉁이를 오르는 나는 작은 점에 불과하다. 세상이 나를 티끌처럼 바라보는 것처럼. 작은 몸을 뉘고 다시 세우며 나는 매일 산에 오르는 꿈을 꾼다. 자연으로 향하는 꿈을 꾼다. 마치 동화 속에 나오는 주인공처럼 자연 앞에 나는 소인일 뿐이다.

말이다. 이젠 목숨을 걸 정도로 치열하게 살 일은 없겠지만 목숨을 건 것과 다름없이 어떤 일을 하면 또다시 나의 꿈은 이루어지리라 믿는다. 산에 오를 때 자연의 악조건보다 더 두려운 존재는 바로 나 자신이었다. 정상에 오르는 것은 다른 누구도 아닌 바로 나 자신이기 때문에 모든 것을 이기는 것도 나 혼자 해내야 하는 일이다. 자신을 이기는 것이 가장 강한 것이라는 사실을 알고 있었기 때문이다.

"땅에서 넘어진 자 땅을 짚고 일어나라."

진울 스님의 말이다.

나는 산에서 실패하면 거기서 해답을 찾으려고 노력했다. 자만심이었을까, 아니면 체력의 한계를 느껴서였을까. 나는 그곳에서 원인을 찾고 목표를 다시 수정했다. 세상에 남 탓을 해서 성공한 사람은 아무도 없을 것이다. 모두 자신의 잘못에서 비롯된 일이다.

근본적인 힘은 자기 확신, 자기 믿음에 있다. 바로 자기 자신을 강화하는 훈련이 필요하다. 늘 하루를 긍정과 충돌하고 내 안에 잠자고 있는 거인을 깨우며 꿈을 향해 걸어간다.

"나도 사람입니다."

어느 산악인이 물었을 때 내가 이렇게 대답했던 것처럼 엄청나게 나약한 존재가 나 자신임을 알고 있다. 그러나 내 안에 잠들어 있는 거인을 깨울 때 나는 비로소 꿈을 이룬 사람으로 설 수 있음을 알고 있다. 자승최강이라고 했다. 자신과의 싸움에서 승리한 사람이 가장 강한 사람이며, 지금까지의 역경은 더 나은 내일을 위한 장애물에 불과하기에 힘을 내서 살아야 한다.

나는 매일 산에 오르는 꿈을 꾼다. 나는 매일 히말라야 8,000미터를 오르며 겪었던 나 자신과의 사투를 떠올린다. 그래서 긴장을 늦추지 않고 살아가고 있다.

사랑하는 것이 인생이다.
기쁨이 있는 곳에
사람과 사람 사이의 결합이 있는 곳에
또한 기쁨이 있다.

괴테

계속 가고 있다

작년 5월 5일 올랐던 팡보체 마을에서 나와 인연을 맺은 사람들이 다시 한자리에 모였다. 휴먼재단을 설립하고 그 첫 사업으로 진행되었던 팡보체 초등학교가 완공된 것을 기념하여 특별히 2010년 5월 5일 어린이날에 다시 산에 오르게 되었다.

지난해에는 30명이 조금 넘는 휴먼재단 사람들과 마음을 모아 팡보체 초등학교 기공식에 오르는 것에 도전했다. 그리고 1년 만인 올해 어린이날에는 좀 더 많은 40여 명 가까이 산에 올랐다.

1년 전 팡보체 마을 아이들의 모습이 눈에 선하다. 고사리만 한 손에 학용품을 들고 행복해하며 집으로 향하던 모습이…. 다시 찾은 팡보체에는 많은 변화가 찾아왔다. 현대식으로 지어진 건물 안에 교실을 만들어 아이들과 수업을 시작한 것이다. 고산으로 자재를 실어 나르는 일이 여간 힘든 일이 아니었지만 그 보람은 배가 되어 다시 내게 돌아왔다.

히말라야에 오를 때면 나는 늘 하늘을 가까이에서 바라본다. 그리고 눈에 다 담을 수 없는 그 크기를 가늠해 본다. 오랜 산행에서 터득한 바람이 지나가는 자리, 구름이 지나가는 속도, 그리고 저 멀리에서 다가오는 비와 눈까지도 이제는 조금 알 수 있게 된 것 같다. 이날도 나는 멀리 보이는 히말라야의 고봉을 바라보았다. 그리고 마음속으로 이렇게 외쳤다.

"히말라야의 신이시여. 제가 당신의 뜻을 잊지 않고 한 가지 약속을 지켜냈습니다. 이곳 소외된 아이들을 돌보겠다는 당신과의 약속, 그리고 제 자신과의 약속을 이뤄 낸 것입니다. 오늘을 기억해 주십시오. 그리고 제가 앞으로 오를 또 하나의 희망 봉우리에서 당신께 보여 주겠습니다. 나의 길을, 나의 희망을, 내가 세워 오르고 있는 제2의 에베레스트 희망 봉우리를…. 살아남은 자의 약속을 지키는 모습을 당신의 장엄한 봉우리에서 내려다봐 주십시오. 살려 보내 주셔서 고맙습니다."

나는 서둘러 준공식을 준비했다. 저 멀리서 히말라야의 산신들도 이날을 축복해 준다는 생각이 들었다. 늘 그렇듯 산은 내게 많은 에너지를 소모시켰고 그만큼 많은 에너지를 심어 주었다. 조용히 그리고 묵묵히 말이다.

사람을 향한 희망의 길을 걷겠다고 다짐했을 때 주변 사람들은 나를 응원해 주기보다는 부정적인 시선으로 바라보았다. 산만 올라 봐서 세상 물정을 잘 모른다고. 그리고 해낼 수 있을까,라는 의구심마저 가지

2010년 5월 5일. 드디어 팡보체 초등학교가 완공되었다. 서울에서 준비해 간 학용품과 의약품, 그리고 무엇보다 휴먼재단 사람들의 따뜻한 마음을 모아 히말라야 4,060미터에 전달했다.

고 있는 사람들도 적지 않았다. 현실은 순수한 사람들의 마음속 희망과 꿈을 모두 빼앗는 것 같다는 생각마저 들었다. 그러나 나는 모자라고 부족한 대로 나를 응원하고 성원해 주는 사람들에게 보답하고 싶었다. 사람 산에 오르는 일인데 어렵지 않을 거라는 나태한 생각은 하지 않았다.

아이들이 환하게 웃는다. 나도 아이들의 얼굴을 어루만지며 환하게 웃었다. 맑고 깨끗해 더 이상 비할 것이 없는 순수함은 어디에서나 그 빛을 발하는 것 같다. 그것이 아이들이 지닌 에너지라고 생각했다. 아이들은 히말라야의 희망이다. 또한 아이들은 산이 내게 준 또 다른 에너지라고 생각되었다.

그날 내 목에 감긴 그들의 염원이 생각난다. 산에 오를 때 나의 안녕을 기원하는 사람들이 목에 걸어 주는 가타가 있다. 팡보체 초등학교에서 만난 아이들도 나의 안녕을 기원하며 많은 가타를 목에 걸어 주었다.

그것과 같은 것이 아닐까. 마음과 마음은 서로 말을 하지 않아도 느낄 수 있는 가타의 의미 같은 것이 아닐까. 이 산에서도 다른 산에 오를 때도 늘 당신과 함께하겠다는, 당신의 꿈과 희망을 위해 기도하겠다는 그들의 순수한 마음이 느껴졌다.

내 인생의 에베레스트 등반 일지에 이렇게 기록해 본다.

팡보체 마을에서 초등학교 준공식을 치렀다. 휴먼재단의 교육 지원 사업인 휴먼스쿨을 만들어 낸 것이다. 이 얼마나 기적 같은 일인가. 히말라야 오지 산간마을에 휴먼재단의 이름을 딴 팡보체 휴먼스쿨이 위풍당당하게 자리했다. 나는 "교통 여건이 열악해서 자재 운송비가 건축비만큼 들었습니다. 많은 분들의 참여와 도움으로 학교를 설립하겠다는 약속을 지킬 수 있게 되어 얼마나 기쁜지 모르겠습니다."라고 소감을 말하며 기쁨을 감추지 못했다.

학교를 설립하겠다고 결심하고 막상 시작해 보니 히말라야에 오르는 일 못지않게 버겁고 힘든 점이 많았다. 하지만 많은 이들이 도와주었기에 가능했다. 휴먼재단에서 설립한 학교에서 공부하면서 꿈을 키워 나갈 이곳의 아이들을 생각하면 저절로 힘이 솟는다.

이번 준공식에는 나와 휴먼재단의 이재후 이사장님을 비롯한 40여 명의 회원들이 동참했다. 마을 주민들을 위한 의료 봉사활동을 펼쳤고 함영훈 화가와 팡보체 어린이들이 함께 진행하는 벽화 그리기 행사 및 각계각층의 성원이 담긴 학용품과 미술품, 의약품 전달식도 진행되었다.

준공식 이후에는 휴먼재단 일부 회원들과 에베레스트 베이스캠프 근처의 5,800미터 높이의 칼라파타르에 올랐다. 칼라파타르 등반은 평소 히말라야를 동경해 오던 회원들을 위해 내가 특별히 계획했다.

2010년 5월 5일 〈희망 일지〉에서

아이들의 까맣고 조그만 눈동자가 빛을 낸다. 히말라야의 설산에 반해 더욱 까맣고 순수하게 빛을 낸다. 아이들은 도움의 손길을 내게 구했고 나는 그들의 손을 잡아 주었다. 우리가 맞잡은 손에서 희망이 생

물감과 붓을 처음 보는 아이들과 교실 벽에 벽화를 그렸다. 그림을 처음 그리는 아이들치고는 꽤 재능을 보였다. 히말라야에 있는 초등학교에 어울리는 멋진 그림이 완성되었다.

학용품과 빨간색 목도리를 받고 좋아하는 아이들 틈에 서 보았다. 아이들의 따뜻한 마음이 내게로 전해지는 것 같았다. 교실에서 열심히 공부하는 아이들의 모습을 상상해 보았다. 그리고 행복한 모습도….

휴먼재단의 첫 사업이 마무리되었다. 사람들이 없는 학교 부지를 둘러봤다. 조용했다. 히말라야를 올려다보았다. 나의 꿈이 이루어졌음을 실감했다. 감사하고, 감사한 마음뿐이었다.

겨났다. 희망은 아주 작은 빛이 되었다. 우리는 이 빛을 나눠 가졌다. 아직은 작고 초라해서 그 빛의 크기로는 어떤 세상도 밝힐 수 없다.

그러나 나는 믿고 있다. 아이들 속에서 커 나갈 빛은 온 세상을 감쌀 따뜻한 온기가 될 것이라고. 정상에 오른 기분이 든다. 그곳에서는 외롭고 싸늘한 바람이 나와 함께했지만 이곳에서 나는 따뜻하다. 온전히 사람으로 살고 있는 것 같다. 나의 체온과 그들의 따뜻한 마음이 느껴진다.

모래바람이 불고 있다. 그러나 나는 에베레스트에 오른 그날처럼 뒤돌아보지 않는다. 계속 오른다. 아직 내가 전해야 할 히말라야의 온기는 넘치고 있다.

내일은 없다, 라고 생각하고 오늘을 살아라.
오늘이 내일이다.

앤드루 카네기

꿈의 히말라야에 오르는 포터

신들의 산이라 불리는 히말라야는 원래 눈을 뜻하는 '히마'와 거처를 뜻하는 '알라야'라는 뜻이 결합된 말이다. 그곳은 많은 사람들에게 불모의 성지로 인식되어 있지만 그럼에도 불구하고 많은 사람들이 그곳으로 향한다. 그야말로 히말라야의 품속에 자리 잡은 네팔의 에베레스트에 오르고자 하는 사람들의 성지인 것처럼 말이다.

그러나 많은 등산객들이 몰리는 대도시를 제외하고 실제로 네팔 산간마을의 열악한 환경을 알고 있는 사람들은 많지 않다. 아직 TV는 물론 전화기도 제대로 갖추지 못한 곳이 많다. 또한 전기의 공급조차 제대로 되지 않은 곳도 있다. 가파른 산세 때문에 자동차나 오토바이, 자전거는 무용지물이기에 생활에 필요한 최소한의 용품으로 삶을 꾸려나가고 있다.

이런 히말라야에 오르고자 하는 이들은 누구를 막론하고 모두 걸어야만 한다. 이국의 여행자들은 맨몸으로 산에 오르고 가난한 네팔 사람들은 여행자들의 짐을 대신 지고 산을 타는 것으로 돈을 벌어들인다. 바로 이런 일을 하는 네팔 사람들을 포터라고 부른다.

공식적으로 네팔에서는 아이들을 포터로 고용할 수 없게 되어 있지만 한 푼이 아쉬운 가난 속에서 아이들은 열두서넛 나이에 포터로 나서야만 한다. 무거운 짐과 거친 숨소리에도 꺾이지 않는 히말라야에서 본 어린아이들의 여정은 녹록치 않다.

쿰부 지역 트레킹을 하는 많은 단체들은 야크를 이용해 짐을 나르기도 하지만 깨지기 쉬운 사진기나 당장의 기후변화를 감수해야 하는 몇 개의 옷가지 그리고 물통, 등산에 필요한 음식들은 모두 산에 오르는 사람의 몫이다. 이러한 개인 짐을 포터들은 돈을 받고 운반해 주는 일을 하는데 보통 30킬로그램에 달하는 짐을 한 사람의 몫으로 정하게 된다. 그러나 아직 어린 나이의 아이들에게 30킬로그램은 만만치 않은 무게다. 숨이 턱까지 차오르고 등줄기가 땀범벅이 되어도 포터들은 생계를 위해 몸을 혹사한다.

계절에 따라 변화는 있지만 히말라야는 해가 뜨기 시작하는 때부터 산행을 시작해 보통 오후 3~4시 정도면 다음 롯지에 도착해 있어야 한다. 해가 지기 시작하는 오후부터는 기온이 급격히 떨어져 한낮의 여름 날씨와는 다르기 때문이다. 한시도 지체할 수 없는 발길을 포터들은 한 걸음 한 걸음 옮겨 나간다. 여행자들은 산에 오를 때 더우면 겉

옷을 벗어 말리고 추우면 여러 겹의 옷을 껴입지만 그들은 얇은 점퍼 하나만 걸치고 고산을 치고 오른다. 고도가 높아지면서 간혹 눈보라와 우박을 만나기도 하지만 그들은 모두 감내하며 그저 오를 뿐이다.

히말라야에 찾아오는 여행자의 짐을 대신 지고 올라가는 포터들은 보통 커다란 바구니 모양의 등짐을 진다. 20킬로그램에서 많게는 50킬로그램에 달하는 등짐을 지고 산에 오르다 보니 곳곳에 포터들이 짐을 내릴 수 있는 돌로 만들어진 턱이 마련되어 있다. 짐을 등에 질 때 앉았다 일어나면서 시간과 체력을 많이 소모하는 것을 방지하기 위한 방편인 것이다.

무엇이 그들을 산으로 향하게 하는 것일까. 나는 그들과 함께 간간이 숨을 돌리며 그들의 희망을 본다. 가쁜 숨 속에 삶의 의지를 본다. 어디까지 올라야 그들은 꿈에 닿을 수 있을까. 그들은 나에게 희망은 히말라야에 있다고 말했다. 그리고 자신의 가족과 함께 사는 것에 있다고 말했다. 그 말을 이해하는 데 많은 시간이 걸렸지만 그 시작은 바로 루크라 공항에서였다.

에베레스트 트레킹이나 원정 등반을 갈 때는 카트만두에서 포터를 섭외해 올라가는 경우도 있다. 하지만 보통 루크라 공항에 내리면 많은 포터들이 일을 기다리며 공항 주변을 맴돈다. 포터들은 가난으로 인해 심한 생활고를 겪는 사람들이다. 때문에 좀 더 나은 일자리를 구하기 위해 관광객이 많이 몰리는 카트만두로 나오거나 포카라로 이동하기도 한다. 내가 처음 포터들의 간절한 손길을 본 것은 바로 루크라 공항

불교 경전을 옮겨 놓은 마니석들이 히말라야에 오르는 내내 사람들을 지켜 준다. 굳이 이곳에서 그들이 숨을 돌리는 이유는 자신들의 꿈을 향한 기도와 의지를 담아 마음을 전하는 신성한 곳이라고 여기기 때문이다. 아직 갈 곳은 높으나 그들은 오늘 내딛는 한 걸음을 통해 내일의 희망을 본다.

몇 살이냐고 묻자, 열두 살이라고 대답했던 소녀다. 그녀는 자신을 포터라고 소개하며 잠시 쉬고 있는 중이라고 말했다. 어디까지 가냐고 묻는 대신 나는 그녀의 밝은 미소를 사진에 담았다. 힘들어도 꼭 오늘처럼 웃으라는 말과 함께….

에서다. 어린 포터들이 하루 종일 짐을 지고 받을 10달러 남짓한 돈을 기다리고 있었다. 우리에게는 크지 않은 돈이지만 가난한 네팔 사람들에게 그 돈은 결코 적지 않은 살림 밑천이 된다.

장기간 체류하는 여행객들과 따라나서려고 모두 분주한 모습이었다. 트레킹이 한 번 시작되면 보통 사흘 이상 길게는 열흘까지 집에 돌아갈 수 없는데 아직 어린 포터들에게는 쉬운 일이 아니었지만 목돈을 가족들에게 가져다줄 수 있다는 희망으로 그들은 산행을 택했다.

포터들 중에는 슬리퍼를 신고 산에 오르는 사람들도 많다. 운동화의 가격이 비싸기 때문이다. 한 사람당 한 명의 포터를 쓰는 경우는 드물다. 트레커 2~3명이 한 명의 포터를 쓰기 때문에 짐은 그만큼 무거워질 수밖에 없다. 포터들은 영악하게 짐의 무게를 달아보지 않고 무거운 짐이라도 그냥 묵묵히 받아들이는 것 같다. 그러나 그들은 작은 배낭 하나만 지고 다니는 우리보다 더 빨리 걷고 더 적게 쉰다.

가파른 산길에서 발 한 번 잘못 디디면 목숨을 잃기 다반사다. 좁은 길 맞은편에서 운송 중인 야크 떼를 만나기라도 하는 날이면 꼼짝없이 그 무거운 짐을 이고 한쪽에 서서 기다려야 한다. 그리고 여행자들의 여정에 따라 새우잠을 자고 걷기를 반복하며 산에 오른다.

쉽게 말해 누더기 같은 보온만 유지되는 옷을 입고 추운 날씨와 고소를 견디며 오르는 포터들은 밤이 되면 롯지에 마련된 창고에 모여 잠을 잔다. 이불이나 침낭을 준비해 산에 오르는 여행자들과는 달리 나무 바닥에서 얇은 면이불을 덮고 잠을 잔다. 이불이 얇다고 불평을 할 수도 없고 춥다고 투덜거릴 수도 없다. 그저 추운 밤이 빨리 지나 다시 해가 떠올라 길을 재촉하는 수밖에 달리 방도가 없는 것이다. 낡은 신발과 허름한 옷을 입고 성하지 않은 팔로 산에 오르는 포터들도 있다.

간혹 주방에서 음식을 할 경우에는 그 열기로 따뜻하게 밤을 날 때도 있다. 그런 날은 많지 않지만 보통 입은 옷 그대로 추운 밤을 지내야 하며 여행객이 먹다 남긴 음식을 먹는 날이 계속된다.

트레킹이 끝나면 품삯을 받고 포터들은 각자 집으로 돌아간다. 며칠 간 오른 산을 걸어 꼬박 며칠이 걸려 내려와야 한다. 내려오는 동안 알아서 끼니를 때워야 한다. 허기진 배를 채워야 하지만 돈을 아끼기 위해서는 많은 음식을 먹지 못한다. 고작 이 나라 주식인 달밧이나 따리 까리(야채 종류, 카레와 기름에 볶아 만듦)로 주린 배를 채우기 일쑤다.

포터들에게는 그들을 이끄는 대장이 있다. 그런 사람을 '사다'라고 부른다. 그들은 불경기에도 많은 여행자들을 몰고 와 포터들에게 일거리를 나누어 준다. 가끔 어린 포터들은 빨리 어른이 되어 사다가 되는 꿈을 꾸기도 한다. 돈을 많이 벌 수 있기 때문이다. 원정팀과 같이 등반하는 셰르파들은 위험한 직업이지만 네팔에서는 가장 쉽고 빨리 부자가 되는 길이라고 생각한다. 그렇기에 목숨을 걸고 산에 오르고 또 오르는 것이다. 자신의 꿈을 향해 오르는 것이다. 희망을 향해 오르는 것이다.

내가 루크라에서 본 그들의 희망은 이런 것이었다. 인생은 산과 같은 면모가 있어서 누구나 결국 자신의 두 다리로 걸어야 한다는 것을 어린 셰르파들은 조금 먼저 깨닫게 된 것이라고. 가족들이 함께할 집을 짓기 위해 열심히 돈을 벌기 위해 힘든 일을 자처하는 것, 그래서 고산으로 오르는 것이라고.

그들은 매우 헌신적인 일을 한다. 대부분 젊은이들이고 일부는 청소년들이기도 하다. 나는 히말라야를 찾을 때면 늘 그들에게 줄 헌 옷을 함께 챙긴다. 그리고 주변 사람들에게 입지 않는 옷가지들을 보내 달라고 해서 그것도 함께 짐 가방에 꾸린다. 비록 낡고 해지긴 했지만 그곳 사람들은 감사한 마음을 전한다. 내게는 이미 필요치 않은 물건이지만 그들에게 한해 겨울을 나는 동안 따뜻한 온기를 줄 것이라고 생각한다.

포터들에게 내일은 존재하지 않는 것 같다. 오늘 하루를 열심히 살아내야만 내일이 온다고 생각한다. 그리고 그 내일 안에서 그들은 꿈을 꾼다. 비록 지금 당장 무거운 짐을 등에 지고 가파른 산에 오르면서도 오늘의 노력이 나의 내일에 그만큼의 대가를 지불할 것이라고 여기며 순수한 삶을 살아가고 있는 것이다.

구름 한 점 없는 파란 하늘을 볼 때면 그들이 생각난다. 맑게 웃던 그들의 푸른 꿈이 저 하늘에 닿아 희망으로 이어지기를 기도한다.

당신은 수많은 별들과 마찬가지로
거대한 우주의 당당한 구성원이다.
그 사실 하나만으로도 당신은
자신의 삶을 충실히 살아가야 할
권리와 의무가 있다.

맥스 에흐민

그래도 살자

"제가 다음 생에서 사람으로 태어날까요?"

"이리 와라. 보여 줄 게 있어."

할머니는 쌀을 한 움큼 쥐어 바늘 끝에 쏟는다.

"쌀알이 바늘 끝에 서면 얘기해."

"어떻게 그렇게 돼요."

"사람으로 다시 태어나기가 그렇게 어려운 거란다. 그래서 한 사람의 인생이 그렇게 값진 것이야."

영화 〈황구의 동굴〉 대사 중에서

우리가 이 세상에 사람으로 오기까지 3,000년의 시간이 걸린다고 한다. 그리고 이 세상에 사람으로 태어나는 게 가장 축복받은 삶이라고 한다. 그런데 요즘 많은 연예인과 경제인이 목숨을 버렸다는 소식을 듣고 참으로 마음이 아프고 안타까웠다. 더욱이 한창 꿈을 꾸고 도전하여 실패와 좌절도 경험하면서 그 속에서 희망을 찾아야 할 청소년들이 자해하는 모습을 보면 안타까움에 앞서 화가 나기도 한다.

나는 그들 모두를 데리고 히말라야에 오르고 싶다. 우울증의 특효는 운동 만한 게 없다. 헉헉 가쁜 숨을 몰아쉬며 종일 산에 오르다 보면 마음속에 있는 모든 슬픔과 고통이 호흡을 통해 쏟아져 나온다. 그 다음 날도 그렇게 산에 오르고, 그 다음 날도 산에 오르다 보면 산이 내면의 아픔, 슬픔, 외로움 그 모든 것을 받아 주고 들어 준다는 사실을 알게 될 것이다. 산에 오르기 위해서 겪는 육체적 고통 속에서 오히려 정신이 명징해지는 것을 느낄 수 있을 것이다. 마음 깊은 곳에 들어앉은 우물은 물론 늑골 속에 숨어 있는 지난날의 상처까지 모두 쏟아져 나올 것이다.

그렇게 정상에 오르면 당연히 눈물이 나올 수밖에 없다. 엉엉 울 수밖에 없다. 서러웠던 기억들, 속상했던 감정, 소외받았다고 느꼈던 순간들이 모두 쏟아져 나올 테니 말이다. 그때야 비로소 맑아지고 텅 빈 몸속으로 산은 신선한 공기를 불어넣어 주는 것이 아닐까. 발아래 아득히 펼쳐지는 것들을 바라보다 보면 더 열심히 살아야겠다는 생각이 들 것이다. 산의 신성한 기운과 에너지들이 당신의 정신과 영혼을 새롭게

우리의 인연은 20여 년 전으로 돌아간다. 셰르파였던 아들을 잃은 노모는 볼 때마다 나의 손을 잡고 머리 숙여 기도한다. 자신의 아들이 살아 돌아온 것 같은 느낌이라고 말하며…. 나는 마음 속으로 흐느끼는 노모의 가슴에 머리를 묻고 아들이 된다.

할 것이다.

비단 히말라야가 아니더라도 산에 올라라. 우리나라에는 좋은 산이 참 많다. 한 달에 1~2군데씩 산 정상에 오르겠다는 계획을 세우고 도전하라. 숨이 찰수록 좋다. 오르는 것이 힘이 들어 고통이 올수록 좋다.

오체투지라는 것이 있다. 불교에서 절하는 방법 중에 하나인데 두 무릎을 땅에 꿇고 두 팔을 땅에 댄 다음 머리가 땅에 닿도록 절을 하는 것이다.

중국 칭하이 시닝 시에서 라싸 시로 가는 길, 거리는 1,927킬로미터다. 티베트 인들은 매년 이 길을 오체투지를 하면서 지난다. 해발 4,500미터의 고원지대로 눈이 쌓인 곳도 있고 빙판길도 있다. 자동차가 다녀서 도로를 지날 때는 위험하기도 한 이 길을 그들은 서원(誓願)을 빌면서 몇 개월씩 오체투지를 하며 간다. 그러나 오체투지가 끝나고 나면 몸과 마음이 무척 맑아진다고 한다.

마치 오체투지를 하듯이 산에 올라라. 땀이 비 오듯이 흐르고 눈물이 나고 콧물이 나도록 오르며 당신의 모든 것들을 뱉어 내라. 바위가 당신의 그것들을 받아 줄 것이다. 묵묵히 품어 줄 것이다. 그렇게 바위에 담아 두고 오라. 그렇게 해서라도 살자. 그래도 살자. 우리에게는 살아야 하는 이유가 분명히 있다.

영화 〈번지점프를 하다〉에서 국어 선생으로 온 주인공 이병헌이 첫 수업 시간에 이렇게 이야기한다.

지구상 어느 한곳에 바늘 하나를 딱 꽂고, 저 하늘 꼭대기에서 밀가루 같은 씨앗을 떨어트렸을 때 그 밀씨 하나가 나풀나풀 날아서 바늘 위에 딱 꽂힐 확률! 바로 그 계산도 안 되는 기가 막힌 확률로 우리가 이곳, 지구상의 하고많은 나라 중에서 대한민국, 중에서도 서울, 고등학교 2학년 그것으로도 모자라서 5반에서 만난 것이다. 지금 너희들 앞에, 옆에 앉아 있는 친구들도 다 그렇게 엄청난 확률로 만난 것이고 또 나하고도 그렇게 만난 것이다. 그것을 인연이라고 부르는 것이다.

사람과 사람은 3,000년의 세월을 지나와 만났다. 그런데 그렇게 소중한 탄생과 인연에 연연하지 않고 삶을 버리다니 얼마나 힘들었으면 그랬을까. 삶이란 그렇게 힘든 것이다.

인생은 케이블카를 타고 산에 오르는 것이 절대 아니다. 한 걸음 한 걸음 나아가는 것, 힘이 들어 숨이 차고 아프고 고통스럽기까지 한 것들을 이기고 밟아 가며 오르는 것이다.

삶은 언제나
은총(恩寵)의 돌층계의 어디쯤이다.
사랑도 매양
섭리(攝理)의 자갈밭의 어디쯤이다.

이적진 말로써 풀던 마음

말없이 삭이고
얼마 더 너그러워져서 이 생명을 살자.
황송한 축연이라 알고
한 세상을 누리자.

김남조, 「설일」에서

그래도 살자. 너무 외로워도, 힘들어도, 자꾸 눈물이 나도, 우울해도 살자. 그 모든 것들을 이겨 내고 그것들이 결국 자양분이 되어 아주 아름다운 꽃이 피고 열매를 맺고 저절로 떨어질 때까지 살자.

나는 실패를 두려워하지 않는다.
내 안의 엔진을 서서히 식게 하는 이런 말이 두려울 뿐이다.
"그냥 있어. 네가 바로 정상에 있는 사람이니까."

조지 패튼

오지 사람들의 열정

지난 4월 2일. 네팔 수도 카트만두에서 32킬로미터 떨어진 농촌 마을 타르푸에서 두 번째 초등학교 기공식을 가졌다. 소외된 마을은 내가 굳이 눈을 크게 뜨고 찾지 않아도 이곳저곳 드러난다.

시간이 촉박해 카트만두에서 헬기를 타고 30여 분을 날아가 마을 뒷산 언덕 위에 착륙했다. 그곳 마을 뒷산의 울창한 숲에서는 맑은 공기가 뿜어져 나왔다. 우리는 사람들의 환영을 받으며 마을로 내려갔다. 기존에 있던 학교의 모습이 어떨지 궁금했다. 나는 현지인에게 물었다.

"저 건물이 학교 건물입니까?"

내가 물었다. 그리고 이어진 답변이었다.

"네, 저곳이 이 마을의 유일한 학교입니다."

“Sribindu Keser School.”

학교라고는 도저히 믿기지 않는 쓰러져 가는 2층 목조 건물이었다. 열악한 교육환경을 개선하고자 방문한 것이지만 이건 해도 너무한다는 생각이 들었다. 내가 어린 시절에 다닌 학교도 그렇지는 않았는데. 한숨이 절로 나왔다.

‘이런 곳에서 공부하는 게 가능할까?’

나는 의문이 생겼다. 그리고 주변을 꼼꼼히 둘러보기 시작했다. 여기저기 허물어진 것은 말할 것도 없고, 지붕은 이미 녹이 슬어 구멍이 뚫린 상태였다. 그 지역에서 비가 많이 오는 우기에는 아이들의 책과 노트가 물에 젖어 2층에서 수업하는 것은 아예 불가능하다고 했다.

총 8개의 교실 중에 4개의 교실은 거의 쓰러진 상태라 부서진 기둥과 책상을 보관하는 창고 용도로 사용하고 있었다. 교실 바닥은 땅이 그대로 드러나 있고 군데군데 움푹움푹 파여 아이들이 조금만 뛰어다녀도 교실 전체가 온통 먼지투성이가 되곤 했다.

교사들이 사용하는 칠판은 이미 분필로 쓴 글씨가 보이지 않을 정도로 페인트칠이 다 벗겨져 있었고, 낮에 해가 잘 들지 않고 천장이 낮아 교실은 어둡기만 했다. 2층으로 올라가는 계단과 복도는 외관상 많이 낙후되어 올라갈 엄두를 내지 못했지만 아이들은 그곳으로 하루에 수십 번도 더 오르내려야 하는 위험에 노출되어 있었다. 나는 이렇게까지 열악할 수 있을까,라는 생각이 들었다.

학교를 둘러보는 데는 많은 시간이 걸리지 않았다. 눈 안에 들어온 건물이 말 그대로 초등학교였기 때문이다. 약 200여 명의 아이들이 공부하고 있는 이 학교는 수업을 받으러 오지 않는 학생들이 전체의 50퍼센트나 되었다. 아이들은 농사일을 거들고 일을 하는 부모를 대신해 동생들을 돌보면서 하루를 모두 할애하고 있었다.

네팔에서 학교를 짓는 일은 그곳 주민들의 협조 없이는 불가능하다. 그래서 촌장과 교장 선생님, 그리고 마을 사람들을 한곳에 모아 회의를 시작했다. 회의라기보다 일단 마을 사람들이 할 수 있고 도와주려는 의지가 있는지를 확인하는 자리였다.

마을 사람들은 새로운 초등학교 건립에 의지를 보였다. 그리고 자신들이 구체적으로 도울 수 있는 방안을 제시했다. 우기가 시작되면 물자 수송이 어려울 경우 적극적으로 돕겠다는 것과 학교 위쪽 땅을 학교에 기증하겠다는 약속을 받았다. 그리고 학교가 지어지면 정리 작업은 마을 사람들이 책임지고 끝내겠다는 약속 또한 받을 수 있었다. 마을 사람들은 아이들을 안전하고 더 나은 환경에서 교육시킬 수 있다는 것만으로도 행복하다고 했다.

마을 사람들의 교육에 대한 열정이 대단하다는 생각이 들었다. 그들도 자식들에게 물려주고 싶지 않은 가난이 지긋지긋했던 것이다. 그래서 교육이라도 제대로 시키고자 애쓰는 모습을 보며 나는 좀 더 든든한 지원군을 만난 것 같아 뿌듯하기까지 했다. 그날 마을 사람들은 어느 부모보다 진지했다.

부러진 몽당연필을 버리지 못하고 찢어진 공책에 글씨를 쓴다. 그러면서도 아이들은 새것을 바라지 않는다. 주어진 것에 감사하는 마음일 것이다.

아이들은 흙바닥에서 맨발로 수업을 들으면서도 좀 더 좋은 환경의 학교를 꿈꾸지 않는다. 그저 배울 수 있다는 것에 만족하기 때문이다.

금방이라도 무너져 내릴 것 같은 학교 2층 복도가 위태로워 보였다. 하루에도 수십 번씩 그곳에 오르내리며 위험에 노출된 아이들이 걱정되었다. 그러나 아이들은 모두 웃고 있었다. 마치 더 나은 세상은 없는 것처럼, 그곳이 최고의 학교라고 생각하는 것처럼….

나는 그곳에서 오지 마을 사람들의 열정을 보았다. 삶에 대한 식지 않은 열정. 그리고 자신의 길을 개척하고자 하는 의지가 보였다. 나는 그들의 믿음에 반하는 네팔에서 가장 좋은 공립 초등학교를 세울 예정이다. 컴퓨터 학습실과 영상자료실, 도서관을 두루 갖춘 최고의 교육 시설을 지원할 것이다.

이로써 나의 두 번째 나눔의 길이 열렸다.

인간이 자유롭고 고상하게 살지 못하는 까닭은
다른 무엇보다도 소유에 대한 집착 때문이다.

버트런드 러셀

무소유

네팔 사람들의 대부분은 힌두교를 믿는다. 그리고 티베트 인들은 라마불교를 믿는다. 나는 일찍부터 산에 살며 산에 오르다보니 자연스레 불교가 나의 종교가 되었다. 히말라야 산에 오를 때 베이스캠프에 우리는 돌 재단을 정성스럽게 쌓고 등반을 시작하기 전 라마제를 지낸다.

불교, 천주교, 기독교, 힌두교 등 모든 종교의 가르침은 일맥상통한다. 그것은 사랑이고 나눔이다. 부처님, 하나님 그리고 모든 깨달음을 얻고 경지에 오른 분들의 메시지는 모두 같다는 생각을 한다. 자비, 보시, 사랑, 나눔, 헌신, 봉사 등 나는 이런 말들이 모두 그분들의 가르침이라고 생각한다. 그래서 나는 타인의 종교조차도 이해하려고 노력한다.

타종을 이해했던 성자 중에 한 분이 최근에 입적하신 법정 스님이다.

그리고 또 한 분은 김수환 추기경이다. 두 분은 서로 종교가 달랐지만 김수환 추기경은 불교 신자들을 위하여, 그리고 법정 스님은 천주교 신자들을 위하여 강의도 하고 기도도 하신 분이다.

법정 스님의 책 『무소유』를 처음 접한 때는 지금으로부터 25년 전, 히말라야 원정대를 꾸려 두 번째 도전을 했지만 에베레스트 산 등반에 실패하고 돌아왔을 때였다. 처음으로 산이 무섭다고 느꼈다.

스물일곱 살이었던 나는 그 어떤 산이라도 오를 수 있을 만큼 용기와 패기가 있었다. 그 무슨 일을 하든 자신만만했던 때였다.

에베레스트 산 정상을 눈앞에 두고 제5캠프에 오르고 있을 때 나를 위해 식량을 보급해 주러 3캠프에서 4캠프로 올라오던 셰르파가 그만 추락하고 만 것이다.

뜻밖의 추락사고! 나는 등반을 멈추고 내려올 수밖에 없었다. 하산하던 도중, 추락한 셰르파가 바위에 부딪혀서 남긴 선명한 핏자국과 등산화, 배낭, 찢긴 옷자국을 발견했다. 두려움이 밀려왔다. 무서웠다.

오한이 몰려왔다. 셰르파 술딤 도르지. 그는 열아홉 살이었다. 결혼한 지 얼마 안 되었고, 열여덟 살 부인과 홀어머니를 모시고 사는 청년이었다. 셰르파의 어머니는 물론 어린 부인에게 청천벽력 같은 일이었다.

산에서 내려오는 길에 있는 셰르파가 사는 팡보체 마을은 온통 침울했다. 나이 든 어머니와 어린 신부를 먹여 살리기 위해 산에 오른 것이었는데 미안하고 죄송스러워서 얼굴을 들 수가 없었다.

두 번째 에베레스트 등반에 실패하고 셰르파 술딤 도르지의 죽음을

살아가며 소유할 수 있는 것이 얼마나 될까. 살아가며 소유하고자 하는 일이 얼마나 많을까. 그렇다면 세상에서 진정 소유할 수 있는 것이 있기는 한 것일까. 나는 산에 오르며 진정한 무소유를 배운다. 내게 정상을 보여 준 산을 내가 소유한 것이 아닌 잠시 빌린 것이라 생각한다. 세상에 내가 소풍을 나온 것처럼 말이다.

목격했으며, 그의 가족들의 오열을 뒤로 하고 돌아와 한동안 나는 슬럼프에 빠졌다. 셰르파가 떨어지며 남긴 흔적, 핏자국, 등산화, 그리고 어린 신부의 울음소리가 귓전에서 떠나지 않았다. 그렇게 나는 방황하며 술에 의지해 몇 주를 보냈다.

힘들었던 그 시기에 신문사에서 일하던 동료 산악인이 내게 책 한 권을 내밀었다. 법정 스님의 『무소유』였다. 그때는 책들이 지금처럼 가로로 읽히게 만들어진 것이 아니라 글씨도 아주 작고 위에서 아래로 읽어 내려가야 하는 세로 조판이었다. 문고판이어서 주머니나 배낭에 넣고 다니기도 좋았다.

나는 동료가 준 『무소유』를 무심코 주머니에 넣어 두었다가 며칠 뒤 꺼내 읽었다.

> 인간의 역사는 어떻게 보면 소유사(所有史)처럼 느껴진다. 보다 많은 자기네 몫을 위해 끊임없이 싸우고 있다. 소유욕은 한정도 없고 휴일도 없다. 그저 하나라도 더 많이 갖고자 하는 일념으로 출렁거리고 있다.
> 물건만으로는 성에 차질 않아 사람까지 소유하려 든다. 그 사람이 제 뜻대로 되지 않을 경우 끔찍한 비극도 불사하면서. 제정신도 갖지 못한 처지에 남을 가지려 하는 것이다.
>
> 법정, 『무소유』에서

이 글을 읽는 순간 머릿속에 스쳐 지나간 생각이 있었다.

'혹시 나는 산을 소유하려고 한 것이 아닐까, 8,000미터를 정복하려고 한 것은 아닐까, 하나라도 더 많이, 빨리, 높이 오르기 위한 욕망으로만 출렁거리고 있는 것은 아닌가.'

법정 스님의 책은 죽비가 되어 당시 고뇌하고 방황하던 나의 어깨를 내리쳤다. 산이야말로 무소유다. 아무것도 간섭하지 않고 소유하지도 않는다. 간디의 말을 인용하며 쓴 법정 스님의 글은 산에 대한 나의 생각을 바꾸는 계기가 되었다.

> 우리들의 소유 관념이 때로는 우리들의 눈을 멀게 한다. 그래서 자기의 분수까지도 돌볼 새 없이 들뜬다. 그러나 우리는 언젠가 한 번은 빈손으로 돌아갈 것이다. 내 이 육신마저 버리고 훌훌히 떠나갈 것이다. 하고많은 물량일지라도 우리를 어떻게 하지 못할 것이다.
> 크게 버리는 사람만이 크게 얻을 수 있다는 말이 있다. 물건으로 인해 마음이 상하고 있는 사람들에게는 한 번쯤 생각해 볼 말씀이다. 아무것도 갖지 않을 때 비로소 온 세상을 갖게 된다는 것은 무소유의 또 다른 의미이다.
>
> 법정, 『무소유』에서

산은 소유하거나 정복하는 대상이 아니라는 생각을 가졌을 때 비로소 산을 대하는 마음이 겸허해지며 두려움이 사라지기 시작했다.

'앞으로 내가 산에 오르는 이유는 영광이나 트로피를 따내기 위해서가 아니라 나와의 싸움에서 이기기 위해서다. 그러려면 나를 버려야 한다. 다시 산에 오르게 되면 자연은 나에게 수많은 시련을 줄 것이다. 바람, 눈보라, 눈사태, 추위…. 그 고통을 극복하는 것이 나를 이기는 길이다.'

이렇게 생각하니 마음속에 따뜻하고 평화로운 산의 모습이 떠올랐다. 등반은 스포츠가 아니다. 등반은 철학이다. 진정한 산악인은 스포츠 인이기 전에 철학자다. 어떤 일을 시작할 때 먼저 머릿속이나 마음속에 그 일이 모두 들어와 있어야 이해력과 친화력이 생기듯이 산을 대하는 마음도 마찬가지다. 내가 산에 오르는 것을 먼저 생각하는 것이 아니라 그 산이 내 마음속에 들어와 있어야 한다.

'다시 에베레스트 산에 오르리라.'

나는 2년 뒤인 1988년 세 번째로 에베레스트 산에 올랐다. 그리고 정상에 섰다.

세 번째 에베레스트 등반을 하면서 나는 아무것도 갖지 않을 때 비로소 온 세상을 갖게 된다는 법정 스님의 말을 이해했다. 산을 대할 때에는 언제나 무소유의 마음이어야 한다. 우리는 처음부터 무소유였다. 무소유의 철학을 가르치고 무소유로 가신 법정 스님께 기도한다.

1프로의 가능성,
그것이 나의 길이다.

나폴레옹

나는 다시 길이 된다

언젠가 박노해의 시를 읽고 느낀 바가 컸던 기억이 난다. 더 이상 고산에 오르지 않게 된다면 무엇을 해야 할지 고민에 빠졌을 때 문득 집어 든 책을 통해 나는 가슴 뭉클해지는 경험을 했다. 바로 박노해의 「다시」라는 시다.

희망찬 사람은
그 자신이 희망이다

길 찾는 사람은
그 자신이 새 길이다

참 좋은 사람은
그 자신이 이미 좋은 세상이다

사람 속에 들어 있다
사람에서 시작한다

다시
사람만이 희망이다

나는 박노해의 이 시 중에서 '길 찾는 사람은 그 자신이 새 길이다. 참 좋은 사람은 그 자신이 이미 좋은 세상이다.'라는 구절을 좋아한다. 군더더기를 붙여 설명하지 않아도 내가 앞으로 걸어가야 할 길이 보이는 글귀라는 생각이 들었기 때문이다. 그리고 나는 머릿속으로 그 문장을 여러 번 굴려 되뇐다. 마치 내 자신에게 묻고 있는 질문인 것처럼….

'나는 지금 어디로 가야 하는가?'

'나의 꿈은 무엇인가?'

'내가 다시 도전하고 싶은 대상은 어떤 것인가?'

나는 지금 대자연 속에서 나와 사람 속으로 걸어 들어가는 중이다. 히말라야 8,000미터를 38번이나 오르고도 그곳을 향하는 나는 산에서 사람과 희망을 보았기 때문이다. 그리고 삶을 보았다. 거대한 자연과

길을 찾는 사람이 되고 싶다. 나 자신이 길이 되고 싶다. 그리고 나와 함께 길을 가는 사람들의 희망이 되고 싶다. 그렇게 나는 자연으로 남고 싶다.

내가 처음 만났던 날을 아직 기억하고 있다. 단지 젊은 혈기에 나의 단단한 몸과 마음에만 의지한 채 나는 할 수 있다,라는 자만으로 뭉쳐 있던 그 모습을. 그리고 나는 실패했다. 산은 나에게 정상의 모습을 쉽게 드러내지 않았다. 아마도 산은 내게 높은 경지의 위대함과 장엄함을 통해 겸손을 가르쳐 주려 했던 것 같다.

나는 이제 낮은 곳에서 생활하고 있다. 틈틈이 산에 오르기도 하지만 사람들 속에서 산에 오르고 있다. 히말라야 8,000미터 고산이 아닌 인생의 8,000미터를 다시 오르고 있는 것인지도 모른다. 사람의 산이 그런 것인지도 모른다.

히말라야의 산처럼 대답 없는 메아리를 남기지도, 추위와 바람을 안겨주지도 않지만 사람 산에 오르는 일은 8,000미터를 오르는 일보다 녹록치 않다. 사람의 마음을 얻는 일을 하고 있기 때문이다. 그리고 현실의 중요성을 일깨워 왜 우리가 나누며 살아야 하는지에 대해 궁극적인 가치관을 성립해 가고 있다. 그러나 사람들 사이에서는 그 나름대로의 의견이 분분하다. 마치 내 앞길을 가로막고 서 있던 히말라야처럼 존재한다. 마음을 모으는 일이 산에 오르는 일보다 훨씬 힘든 일이라는 사실을 이제야 조금씩 깨닫게 된 것이다.

나는 매일 아침 일어나 도전을 외친다. 그리고 산에 오르듯 매일매일 희망을 향해 오를 것을 다짐한다. 내가 오르고자 하는 이유가 결국 나눔으로 가는 길이라고 굳게 믿고 나의 의지와 꿈을 좀 더 많은 사람들과 나누려고 노력한다.

얼마 전 TV에서 필리핀 쓰레기 마을에 사는 아이들의 모습을 본 적이 있다. 악취가 심한 쓰레기 산이 마을을 덮고 있었다. 그곳에서도 여지없이 사람들은 마을을 이룬 채 살고 있었다. 아이 어른 할 것 없이 모두 쓰레기 더미에서 재활용할 수 있는 물건을 찾기에 여념이 없었다. 그 물건을 내다 판 돈으로 생계를 유지해야 하기 때문이다.

종일 구정물 속에서 찾아낸 재활용품을 씻어서 분리하고 단 1만 원의 돈도 벌지 못하는 그들의 모습은 안타까웠다. 제작진들은 그들의 생활을 보며 대안을 내놓았다. 빵 만드는 가게를 차려 주기로 한 것이다. 얼마 되지 않은 돈만 있으면 그들에게 음식을 나누어 줄 수도 있지만 빵을 만드는 가게를 차려 주는 것으로 주어진 양식이 아닌 양식을 만들 수 있는 그들의 자립심을 키워 준 것이라 생각한다. 노동을 통해 의식주를 해결할 수 있도록 일을 하는 과정과 그 과정 속에서 찾을 보람과 희망을 보라는 의도였던 것이다.

나는 내 목숨이 다하는 날까지 사람들과 나누는 일을 멈추지 않을 것이다. 그것은 희망과 꿈, 삶에 대한 의지를 부여해 주는 일이 될 것이라고 믿는다. 또한 나 엄홍길이 찾은 제2 인생의 산에 오르는 일이라고 하루하루 깨달으며 걸어갈 것이다.

산에 오를 때는 정상에 닿아야만 아래를 내려다볼 수 있다. 순간 온몸이 저릴 정도의 공포가 엄습한다. 어떻게 올라왔을까. 앞만 보며, 정상만 보며 나의 정신을 무장하며 올라갔던 것이다. 내가 사람이라고 느

산길을 가다 보면 가끔 마을 사람들과 마주치게 된다. 그때마다 한껏 미소를 지으며 인사를 나눈다. 나를 알고 모르는 것은 그리 중요하지 않다. 나는 그저 사람을 사랑하는 한 사람으로 남고 싶다. 사랑하다 사랑하다 그들이 길이 되어 달라고 하면 길이 되고 싶다. 길을 걷던 사람이 시냇물을 만나면 기꺼이 돌다리가 되어 주고 싶다. 그저 나는 사람을 위해 살고 싶다.

낄 때가 바로 그 순간이었다.

그것도 잠시 나는 하산해야 했다. 나는 잠시 머무는 정상에서 산 아래를 내려다보며 내가 걸어가야 할 길을 보았다. 그곳에 오르기 위해 불굴의 도전 정신으로 나는 이렇게 살아서 땅을 밟았다. 정신이 혼미해지는 순간이면 나 자신과의 사투가 이어졌고, 체력의 한계를 느낄 때면 다시 후회하기를 여러 번 반복했다. 그러나 나는 끝내 가고자 하는 길을 갔다. 그곳에서 나의 의지를 다시 지상으로 가져와 실현하고 있는 중이다.

나는 1프로의 희망을 보았고 1프로의 가능성을 보았다. 나는 99프로의 실패를 보았고 99프로 좌절을 보았다. 바람이 불면 지금도 나는 히말라야가 떠오른다. 거센 바람이 불어와 뺨을 때리고 지나갔고 눈보라가 몰아치는 산자락에 매달려 동상에 걸리게도 했던 히말라야. 그러나 내 마음은 아직 히말라야의 바람을 기억하고 있다. 내가 길이 되었고 희망이 되었던 험난한 8,000미터를 오를 때 다짐했던 1프로의 가능성에 나는 온 힘을 집중시켰다. 아직 잊지 않고 있다. 히말라야 신들의 염원을 나의 염원으로 치환하여 이곳으로 옮겨 왔다.

나는 지금 계속 가고 있는 중이다. 멈추지 않고 한곳에 서서 누군가를 내려다보지 않고 늘 사람을 우러러보며 내 평생의 길을 내고 있다. 나는 지금 또 하나의 꿈을 향해 가는 마음의 길을 내고 있는 중이다.

오늘도 내일도 바람 부는 길을 나는 가난에 허덕이며 힘겨운 삶을 살아가는 사람들과 함께 갈 것이다. 박노해의 시가 머릿속에 맴돈다. 다시, 다시 나는 길이 된다.

엄홍길의 따뜻한 동행

산은 내가 오르는 것이 아니라,
산이 나를 받아 주는 것이다.

엄홍길

이 시대의 진정한 영웅

고인경 파고다교육그룹 회장

"베이스캠프! 베이스캠프!"

한왕룡 대원은 새벽의 적막을 찢는 듯한 절규에 가까운 목소리로 다급한 사고 상황을 베이스캠프에 있는 나에게 무전으로 보고했다.

한 15분 전만 해도 엄홍길 공격대장은 나에게 "대장님! 제가 2~3시간 후면 정상에 오를 것 같습니다."라고 패기만만한 목소리를 들려주었는데 웬 날벼락인가.

"엄 대장! 엄 대장이 보기에는 2~3시간 거리일지 몰라도 그것이 4~5시간이 될지 6~7시간이 될지 이곳 히말라야의 청정 공간에서는 예측이 잘 안 되는 것 아닌가. 그건 그렇고 자네 지금 14시간을 넘게 등반하고 있는 것을 인식하게! 지금 바로 비박이라도 하고 휴식을 취한 후

동이 트는 대로 정상 도전을 생각해야 될 것 같네."

"아! 그렇군요. 그렇게 하겠습니다."

불과 무전 교신이 끝난 후 15분 남짓 되어 일어난 사고 보고를 듣는 내 무전기는 덜덜덜 떨리다 못해 뻣뻣해지기 시작했다.

고도 7,700미터 지점에서 순간적으로 추락하는 셰르파 1명을 반사적으로 구하려고 로프를 잡는 순간 떨어지는 셰르파의 반동의 힘이 엄홍길을 20여 미터의 빙벽 아래로 떨어지게 하였다. 이 사고가 엄홍길을 오른쪽 다리 발목이 돌아가서 도저히 움직이지 못하게 만든 것이다. 정말 생각할 수 없었던 조난 소식이었다. 그것도 모르고 나는 얼마 후면 우리 한국 원정 대원들이 정상에서 태극기를 계양하리라는 낭보의 소식만 기다리고 있었다. 청천벽력 같은 소식을 듣고 앞이 깜깜해졌다. 나도 모르게 눈시울이 뜨거워지는 것을 막을 길이 없었다. 히말라야의 찬 공기로 인해 차가워진 내 뺨은 눈물로 범벅이 되었다.

"이제! 엄홍길이 여기서 죽게 되는구나."

이미 3번이나 이 안나푸르나 등정에 실패한 후 이번이 4번째 도전이었는데…. 더 이상 도전하지 말라는 하나님의 음성을 듣지 못하고 무모한 도전을 한 듯해서 책임감이 엄습해 오며 내 어깨를 짓누르기 시작했다.

무엇보다도 어떻게 살아 내려오느냐가 문제였다. 낮에는 고글 없이는 각막이 탈 정도의 강력한 태양광과 밤에는 영하 30도 이하의 살인적인 추위가 도사리고 있는 안나푸르나 정상 부근에서 헬리콥터가 안착할 수 있는 베이스캠프까지 골절된 다리로 살아 내려오기란 거의 불가능한 일이라고 생각되었다.

어차피 동상의 위험을 막을 길은 없는 것 같았다. 부러진 발목 부위에 동상이라도 걸린다면 썩어 들어가는 것은 시간문제였다. 살아 내려온다 하더라도 오른쪽 다리는 절단할 수밖에 없고 심하면 목숨을 잃을 수도 있다는 불길한 예감이 엄습해 왔다.

그렇잖아도 히말라야 14좌 완등을 목표로 범국가적인 차원에서 엄홍길 14좌 완등추진위원회가 만들어졌다. 이한동 국무총리에 이어 내가 추진위원장이 되어 직접 원정대장으로 또 후원자로 이곳 안나푸르나까지 왔는데 이렇게 큰 낭패가 어디 있겠는가. 나는 무릎을 꿇고 기도했다.

"하나님! 엄홍길을 살려 주십시오! 하나님의 위대하신 능력으로 반드시 살아 돌아올 수 있는 기적을 이루어 주십시오! 하나님께서 원하신다면 14좌를 모두 포기하고 이대로 끝내겠습니다. 오직 하나! 엄홍길만 살려 주십시오!"

눈물로 범벅이 된 채 간절히 기도하는 나를 보던 KBS의 이거종 국장(당시 과장)은 끊었던 담배를 연신 피워 대고 있었다.

"공격조! 공격조! 한왕룡 대원 나와라! 이상!"

"네, 대장님!"

"지금 어찌해야 좋을지 모르겠습니다. 엄 대장이 돌아간 발목을 제

자리로 돌리라고 호통을 치는 바람에 덜렁거리는 발을 붙잡고 잡아당겼다가 누르며 이리저리 비틀어 보았는데 으드득으드득 소리만 날 뿐입니다."

엄 대장의 비명 소리와 함께 한왕룡 대원의 힘없는 목소리가 무전기를 타고 들려왔다.

"야! 더 이상 건드리지 말고 환부를 동상 걸리지 않도록 보온하며 잘 싸. 엄 대장을 묶어서 두레박처럼 내리기도 하고 썰매처럼 끌고도 내려오는데 그것도 빠른 속도로! 꼭 살려서 내려와야 한다. 얼마나 걸리겠는가?"

"잠을 자지 않고 계속 내려간다 할지라도 2박 3일은 족히 걸릴 것 같습니다."

"그래그래, 힘을 내라. 영웅을 살려 내려오는 너희들은 진정한 영웅이 될 것이다. 너희들만 믿는다."

2박 3일은 멀쩡한 두 다리로 내려올 때의 시간인 것을, 나를 안심시키려고 한 말인 줄 뻔히 알면서도 그렇게 믿고 싶었다. 한쪽 다리를 쓰지 못하는 부상자와 동행하며 3,000여 미터에 이르는 빙벽과 눈, 암벽 지대를 빠른 속도로 내려온다는 것은 거의 불가능한 일이었기 때문이다.

나는 베이스캠프에서 카트만두로 구조 헬기를 요청했다. 그러나 그때 마침 헬리콥터 조종사들이 임금 인상 시위를 하는 바람에 헬기는 있으나 단 한 대도 못 뜬다고 했다. 인공위성 전화로 급히 한국 대사관에 구조를 요청했다. 다행스럽게도 네팔 한국대사관에 정용관 과장의 헌신적인 노력으로 네팔 왕의 전용 헬리콥터를 대령 조종사가 직접 몰고 온다고 했다.

꼬박 2박 3일을 한잠도 자지 못한 채 사투를 벌이며 부상을 입은 엄 대장과 함께 내려오고 있는 대원들의 고생을 생각하면 헬리콥터가 잠시 정착할 수 있도록 산 경사면을 평탄하게 만드는 작업은 별로 고생스럽지 않게 느껴졌다. 시간에 쫓기며 베이스캠프의 대원들뿐만 아니라 다른 나라 원정대의 도움을 받아 결빙된 산 사면을 있는 힘을 다해 빠르게 깎다 보니 내 피켈은 두 자루나 꺾여 나갔다. 그렇게 엄 대장은 필사의 사투를 벌이며 살아서 내려왔고 때맞춰 구조 헬기로 무사히 카트만두를 통해 한국으로 후송될 수 있었다.

엄 대장이 떠난 안나푸르나 베이스캠프에서는 이틀 동안 모든 대원이 밀린 잠을 자느라 조용했다. 우리 한국 원정대의 최종 책임을 진 나로서는 원정대가 엄 대장을 따라 철수해야 하느냐, 남은 대원과 함께 다시 정상 도전에 임해야 하느냐 고민을 해야 했다.

자칫 잘못해 정상 재도전에 실패할 경우 분명히 언론은 고인경 원정대장이 자신의 공명심에 집착하다 또다시 조난 사고를 불러일으켰다고 비난할 것이고 그냥 정상 재도전을 포기하고 베이스를 철수, 귀국한다면 한국 원정대는 원정대 본연의 목표인 정상을 포기한 겁에 질린 원정대라 비난받을 것이 빤했다. 그런데다가 전 대원이 피곤과 두려움으로 가득 차 있었기에 용감한 포기의 유혹을 떨칠 수 없었다.

그러나 결국 며칠 후 엄홍길 대장 대신 한왕룡 대원으로 하여금 정상을 공격하게 함으로 우리 한국 원정대는 정상 등정에 성공했다.

귀국해서 경희대학교 병원에 입원한 엄 대장을 전 대원이 방문했다. 다행히 수술 경과가 좋다고 했다. 퇴원은 했지만 정상적으로 걸을 수 없다고 했다. 다리가 세 부분으로 골절되었기에 보조 기구로 철심을 넣었다고 했다.

그렇게 몇 달이 흘렀다.

눈에 보이지 않게 히말라야 14좌 완등을 놓고 한국의 고산 등반가들은 경쟁을 벌이고 있는 상황이었다. 엄 대장은 14좌 중 10개를 등정했지만 박영석 대장은 5좌 등정에 이어 한해에 3개 연속 등정을 함으로써 엄 대장을 앞서 갈 추세였다. 그러나 누구나 엄홍길 대장은 안타깝게도 여기에서 산악인으로의 생명을 잃게 되었다고 생각하게 되었고 언론도 박영석에게 주목하고 있었다.

어느 날인가 엄홍길 대장이 강남의 내 사무실로 찾아왔다. 보는 순간 그렇게 가엾고 측은한 엄 대장의 모습은 처음이었다. 그는 바지 속에 철구슬 주머니를 달고 걸으며 히말라야 14좌 완등의 꿈을 다시 키우고 있다고 했다. 절대 이룰 수 없는 꿈을 꾸고 있는 모습에 눈시울이 핑그르르 돌았다.

마침 추석이 가까이 올 때였다. 명절 휴가를 이용해 미국 북서부의 마운틴 레이니어(4,392미터)에 함께 가자고 용기를 주었다. 물론 못 간다는 대답을 하리라 생각했는데 의외였다. 가겠다는 것이다.

단둘이서 마운틴 레이니어에 오르는 모습은 가관이었다. 천하의 엄홍길 곁에 바싹 붙어 보조를 맞추어 오른다는 것은 거의 불가능했던 일인데 함께 가고 있었다. 단둘이었기 때문에 보조를 맞추는 것이 아니라 엄 대장이 다리 수술 후에 장애를 입었기 때문에 그리할 수밖에 없었다. 내려올 때는 오히려 저만치 새까맣게 뒤떨어져 나를 따라오지 못했다.

앞산 앞에 걸린 커다란 둥근달을 쳐다보며 뒤따라오는 엄 대장을 어깨 너머로 바라보았다. 갑자기 하염없이 뜨거운 눈물이 흘러내리기 시작했다. 매일 아침 모래주머니를 달고 도봉산에 오르는 엄 대장의 재활훈련은 보는 이들로 하여금 애처로운 마음이 들게 했다.

그해 박영석은 고산 9개를 완등하는 기염을 토했다. 반면 엄 대장에게 새로운 도전은 불가능해 보였다. 그러나 그는 해냈다.

안나푸르나 정상 등정에 4번 실패하고 5번째 이루어 내는 성공을 거둔 것이다. 좌절과 낙담 가운데서도 모든 사람들이 불가능하리라고 생각했던 최악의 상황에서도 그는 14좌의 꿈을 포기하지 않았고 그리하여 완등의 꿈을 이루어 낸 것이다.

성공은 도전한 자만의 것임을 여실히 증명한 의지의 한국인 엄홍길. 그는 어떤 고난 가운데에서도 다시 딛고 일어날 수 있는 이 시대의 진정한 영웅이 아닐 수 없다.

영원히 잊을 수 없는 산행

권기찬 ㈜웨어펀 회장

파리 근교의 5,000미터 상공에서 스카이다이빙을 하고 돌아온 어느 날, 모일간지 스포츠 기자가 인터뷰를 요청했다. 그때 기자가 다음에는 어떤 도전을 할 생각이냐고 물었다. 내가 대답했다.

"에베레스트에 올라 보고 싶습니다."

인터뷰한 기사가 신문에 실렸다. 익스트림을 즐기는 내 이야기와 함께 스카이다이빙하는 모습의 사진이 공개되었다. 그 바람에 신문을 읽은 나를 아는 모든 사람들에게 에베레스트에 오르겠다는 약속을 한 셈이 되고 말았다.

파고다교육그룹 고인경 회장은 엄홍길의 14좌 완등 추진 위원회를 결성하여 10년 이상 대장을 후원하고 있다. 고 회장은 오늘의 엄 대장이 존재하게 만든 대부다. 한국 산악인 중에서 히말라야 등반 경험이 있는 고산 등반가들의 모임인 히말라얀클럽 회장직을 10년 이상 맡았을 정도로 에베레스트 베이스캠프 등반 경험이 18회나 되는 베테랑 산악인이다. 어느 날 그에게로부터 에베레스트 베이스캠프까지 등반하자는 제의를 받았다. 그리하여 3개월간 고 회장에게 지도를 받아 가며 여러 차례 가까운 산부터 오르는 훈련을 했다.

3개월간의 훈련을 마치고 고 회장의 인솔에 힘입어 18명이 에베레스트 트레킹을 준비했다. 이제 출발이다! 그러나 그 시기에 네팔 정국이 매우 불안했고 결국 정부군과 반군의 내전 사태로 치달았다. 때문에 우리는 계획을 접어야 했다. 모두 바쁜 일정을 쪼개 마련했던 약 3주의 계획을 1년 후로 미루기로 했다. 그렇게 좌절되고 만 산행에 대한 아쉬움을 조금이라도 달래기 위해 다른 멤버들인 고등학교 친구들과 후지 산(3,776미터) 등반을 급히 계획하여 혹시 닥칠지 모르는 고산 증세를 이겨 내며 1년을 기다렸다.

이미 준비해 놓았던 등반 장비와 준비물들을 가지고 1년 후 다시 3주간의 에베레스트 트레킹 일정을 잡았다. 추가로 합류한 인원과 에베레스트로 떠나기로 계획했으나 나는 또다시 미국에서 패션디자인을 전공하고 있던 아들의 졸업식에 참석하느라 등반을 포기할 수밖에 없었다. 아들에게 "에베레스트 산행을 1년 전에 포기했었다. 모든 멤버들과 한 약속이다." 등 갖가지 이유를 들어가며 사정했다. 하지만 아들은 졸업 행사로 패션쇼를 하는데 자신의 작품을 선보일 거라며 꼭 와야 한다고 매우 강경하게 참석을 요구했다. 아들은 그때 이렇게 말했다.

"아빠, 에베레스트는 늘 그곳에 있지만 내 졸업 패션쇼는 딱 한 번뿐이야!"

피치 못할 사정으로 두 번이나 에베레스트 등반을 포기했던 나는 에베레스트와 인연이 없나 보다, 하고 생각했다. 그렇게 에베레스트를 잊고 있던 차에 고인경 회장으로부터 다시 엄홍길 대장과 에베레스트 등반 계획이 있다는 소식을 듣게 되었다. 그 후 어느 날 아침 모임에서 엄 대장으로부터 팡보체 초등학교 기공식 행사차 에베레스트 산행을 계획했으니 동참해 달라는 제의를 받았다. 뛸 듯이 기뻤다.

엄 대장은 나의 대학 후배로 학교 행사 때 가끔 볼 수 있었다. 또한 엄 대장의 도전에 관한 명강의를 듣기 위해 우리 회사 강사로 초빙하여 임직원들과 함께 그의 강의를 들은 적도 있었다. 이렇게 나는 엄 대장과 교류를 하고 있던 차였다. 그리고 덕분에 드디어 에베레스트 트레킹에 참여할 수 있게 되었다.

병실에서 만난 두 노인인 잭 니콜슨과 모건 프리먼이 죽기 전에 꼭 하고 싶은 일들을 하기 위해 리스트를 적고 소망을 이루어 가는 이야기가 담긴 영화 〈버킷 리스트〉를 재미있게 보았다. 나의 '버킷 리스트'에 있는 아이템 중에 하나가 세상에서 제일 높은 곳에 위치한 에베레스트 뷰 호텔(Everest View Hotel)에서 1박하기였다.

카트만두에서 루크라를 경유, 등반 3일차 최초로 에베레스트를 정복한 영국의 힐러리 경이 세운 힐러리 고등학교가 있는 쿰중이라는 곳에서 1박을 했다. 그날 늦은 오후 일행들이 휴식하는 시간에 가이드에게 길 안내를 부탁하여 2시간 길을 걸어서 에베레스트 뷰 호텔에 갔다. 사진 몇 컷을 찍고 다시 1시간을 걸어 내려왔다가 호텔에서 1박하는 게 내 버킷 리스트에 있는 소망인지라 호텔 방 예약을 확인해 보았다. 3개의 방에서 묵을 수 있다고 했다. 그리하여 일행 중에 2명의 지원자를 뽑아 함께 어두운 길을 2시간 넘게 올라가서 기어코 난방도 제대로 안 되는 에베레스트 뷰 호텔에서 덜덜 떨며 하룻밤을 묵었다. 이튿날 새벽, 해 뜨는 시간에 맞추어 호텔 전망대에 올라갔다. 저 멀리 보이는 에베레스트 봉과 로체 봉의 기막힌 여명을 숨죽이며 볼 수 있었다.

이렇게 팡보체 등반대의 에베레스트 산행은 힘들었지만 즐겁고 보람 있었다. 나의 에베레스트 여행을 가능하게 해 준 엄홍길 대장과 고인경 회장에게 무한한 감사의 마음을 전한다.

도전은 피를 끓게 하는 단어이고 극복은 가슴을 뛰게 하는 단어다. 무수한 도전과 극복을 거듭한 엄홍길 대장과의 팡보체 산행은 더없이 소중한 추억을 만들어 주었다.

스탕달의 『연애론』에 이런 말이 있다.

그가 갖고 있는 미점(charming point)이 발견될 때마다 그가 좋아진다.

보름 남짓 함께 산행하면서 가까이에서 지켜 본 엄홍길 대장은 대단히 성숙하고 사려 깊으며 겸손한 사람이었다. 한마디로 속이 꽉 찬 사람이라고 느꼈다. 그래서 이전보다 그가 훨씬 더 좋아졌다. 그리고 그를 더욱 존경하게 되었다.

신화를 창조한 등반가로서의 삶을 뛰어넘어 봉사와 기여를 실천하고 있는 엄홍길 대장. 가치 있는 삶을 추구하는 엄홍길 대장의 삶에 경의를 보내며 『오직 희망만을 말하라』의 출간을 진심으로 환영한다.

팡보체 초등학교 딜로이트 선생님께

이재술 딜로이트 안진회계법인 대표이사

선생님, 우선 5월 초에 팡보체 휴먼스쿨 준공식에 참석하지 못해서 섭섭합니다. 1년 전 조그만 운동장에서 교장 선생님을 모시고 팡보체 어린이들과 첫 삽질을 할 때, 감격하여 흐느끼며 인사말을 하던 학생 대표의 얼굴이 아련합니다. 학용품 몇 점을 선물로 받아 손가방에 넣고 횃불 돌리듯 신나게 돌리며 엄마 손잡고 해발 4,700미터에 있는 마을 집으로 향하던 그 어린이도 잘 있겠죠? 깡마른 교장 선생님께서도 학교 신축 때문에 신경을 많이 쓰셔서 더욱 야위시지는 않았는지 걱정됩니다.

1년 전 기공식 후 조그만 학교 강당에서 교장 선생님을 모시고 우리 엄홍길 휴먼원정대와 간담회를 할 때 네팔 정부의 예산 부족으로 선생님을 추가로 모실 수 없다는 사정 말씀을 듣고 우리 회사 딜로이트에서는 선생님 한 분을 모실 수 있도록 재정 지원을 약속했던 것입니다. 그런 사연과 인연으로 'Deloitte Teacher'로 모시게 되었습니다. 그날 저녁 우리는 기공식을 축하하고 원정 대원들과 술을 마시며 흥겨운 팡보체에서의 마지막 밤을 보냈습니다. 가끔씩 기공식에서 만났던 팡보체 어린이들 얼굴과 내 고향 경상남도 고성의 방산초등학교 후배 어린이들이 비교되기도 했습니다.

사실 방산초등학교도 내가 졸업할 당시에는 6학년이 60여 명 정도였으나 3년 전에 가 봤을 때는 전교생이 팡보체 초등학교와 비슷한 수준으로 학생 수가 얼마 안 되는 아주 조그만 학교가 되어 있었습니다. 내 모교의 후배 어린이에게는 어린이 신문 몇 개월 치 보내 준 적밖에 없는 못난 선배인 내가, 네팔의 학교 선생님 연봉을 재정 지원하겠다고 약속한 결정이 과연 합리적인가 하는 의문이 들기도 했습니다.

그러나 청상과부로 늙은 셰르파 부인의 고향 팡보체를 돕고자 하는 엄홍길 대장의 따뜻한 마음, 20리 길 이상을 엄마 손잡고 와서 학용품 선물을 받아 가던 그 어린이의 소박한 얼굴 등을 생각하면 그래도 잘한 결정이라고 판단됩니다. 20대 과부가 된 딸과 함께 살면서도 인자한 미소를 간직한 셰르파 부인의 친정어머니께서 끓여 주신 따뜻한 차에 대한 조그만 보답이라고나 할까요.

나는 엄홍길 대장을 서울의 한 강연 모임에서 우연히 처음 만났지요. 같은 고향 고성에서 태어났다고 하기에 더욱더 정을 나눌 수 있었습니다. 내가 자랐던 거류산 기슭에 있는 엄홍길 기념관을 관람하고 소가야의 슬픈 사연이 있는 거류산을 오르고 내려와서 도다리 쑥국으로 봄날을 즐겼던 2년 전 행사도 정을 나누는 자리였습니다. 아마도 엄 대장은 우리 고향 고성보다 팡보체를 더욱 사랑하는 것 같아 보입니다.

그래도 제 아들 현석이는 엄 대장 모습이 언론에 비치면 귀를 쫑긋합니다. 고 1 때인 몇 년 전 연초에 눈 덮인 한라산에 올랐을 때 엄 대장과 등산 후 찍은 사진을 확대하여 자기 책상 위에 걸어 놓았어요. 가끔씩 밥상머리에서 내가 주워들었던 엄 대장의 에베레스트 등정 사연과 뒷이야기를 들려주면 다른 어떤 이야기보다 흥미롭게 들었지요. 그걸로 보아 청소년에게 엄 대장의 인생 스토리가 영향을 주었다고 봅니다.

선생님, 팡보체 어린이들에게 꿈을 심어 주십시오. 그리고 더 큰 세상이 있음을 일깨워 주시기 바랍니다. 팡보체에 태어나서 '아마 다블람'의 온화한 눈 산봉우리 아래에서 자라 에베레스트를 무대로 살아가는 것도 좋지만, 3,000미터 쿰중 힐러리 학교나 네팔 학교에도 유학 보내세요. 여기서 그러한 팡보체 유학생을 위한 장학금도 틈틈이 모아 보낼게요. 나도 시골 초등학교에서 6학년 때 서울로 수학여행가서 보고 느꼈던 기억이 차후에 진취적 기상을 키우는 데 도움이 되었습니다. 그때 우리 동창 모두 학교에서 돼지를 키워서 판 돈을 보태어 1인당 수학여행 경비를 최소화했었지요.

선생님, 1년 전 팡보체 방문은 나에게 많은 것을 생각할 수 있는 계기를 마련해 주었습니다. 30년간 피우던 담배를 끊는 계기도 되었습니다. 좀 유치한 방법일지 몰라도 다시 담배를 피우고 싶은 욕구가 생길 때면 절약하는 담뱃값(1년 약 100만 원) 모아서 팡보체 초등학교에 지원해야 한다는 결심을 단단히 하며 금연 의지를 북돋우고 있습니다.

선생님, 이번 5월 준공식에는 미국 출장과 겹쳐서 못 가지만 엄 대장 편에 보내드리는 'Deloitte Teacher 결연 증서'를 받으시고 엄 대장과 기념 촬영을 하시기 바랍니다. 그 사진과 함께 팡보체 초등학교 선생님을 전 세계 딜로이트 임직원 17만여 명에게 소개하고 자랑하려고 합니다.

그럼 다음에 만날 때까지 건강하게 안녕히 계십시오.

파이팅! 팡보체!

삶이 있는 곳에 희망이

류재선 (주)금강전력 회장

엄홍길. 그에게는 대장, 산악인, 박사, 교수 등 많은 수식어가 붙는다. 그의 인생을 함축적으로 보여 주는 게 아닌가 싶다.

엄 대장과 인연이 된 때는 지난 2000년. 영호남 새천년 K2 원정대가 계기가 됐다. 세계 최연소 등정, 최다 인원 등정(8명), 한국산악계 16년 만에 재등정, 한국 최초의 무산소 등정 등을 성공적을 마치고 난 다음이니 벌써 10년의 세월이 지났다.

당시 친한 시골 친구의 소개로 K2 원정을 가기 위해 훈련 중이던 대원들과 함께 족구도 하고 술도 한잔하면서 즐겁게 첫 대면을 했다. 첫 만남치고는 왠지 모를 친근감이 느껴졌다. 대원들의 눈빛에 서려 있는 목표 의식을 느끼면서 참 대단한 친구들이구나 하고 생각했다. 당시에는 히말라야라는 곳이 나 같은 일반인들에게는 너무나도 생소해 '도대체 저 사람들은 어떤 마음으로 산에 가는 것일까?' 생각하던 끝에 나 자신에게 도전하고 엄 대장에게 조금이나마 도움이 되고자 대원으로 참가하게 되었다.

지금이야 여러 원정대에 후원도 하고 엄홍길 대장과 함께 네팔, 파키스탄 등 여러 곳에 많이 다녀왔으며 여러 대원들과 많은 이야기를 나누어 본 후라 나 또한 어느새 산악인이 되어 버렸지만, 돌이켜 보면 그때 나는 대원들에게 그들만이 느낄 수 있는 진한 동료애와 열정을 동경했던 것 같다.

한 대원이 그랬다. 등반을 하면서 동료 대원과 밤을 지새우다 보면 첫사랑을 고백하기도 하고 자신의 가장 비밀스런 부분까지 들추어 이야기하면서 서로를 위로하게 된다고. 그러다 보니 등반을 한 번 같이 하고 나면 진한 동료애가 생긴다고…. 내 입장에서는 비록 나이도 들고 처음부터 산을 타는 방법을 다시 배울 수 없기에 전문 산악인이 될 수 없지만 그들을 후원하고 함께하는 것만으로도 진한 동료애를 느낄 수 있었다.

엄 대장과 함께한 오지 탐사대는 많은 것을 느끼게 해 준 원정이었다. 당시 나는 원정 대장으로 엄 대장은 지도 위원으로 한 배를 탔다. 이를 두고 사석에서는 엄 대장 같은 유능하고 세계적인 산악인을 지도 위원으로 삼고 함께한 나 역시 유능하고 멋있는 원정 대장이 아닌가 어깨를 들먹이며 자랑하곤 한다.

이 원정은 각 대학 산악부 초년생들로 구성된 탐사대였는데도 불구하고 각 대원들은 엄 대장이 부여한 임무를 충실히 수행했다. 엄 대장은 타의 추종을 불허하는 원정 경력과 카리스마에도 불구하고 산악부 초년생들이 놓치고 가는 부분을 자상하게 타일러 주기도 하고 때로는 엄한 꾸중으로 분위기를 잡으면서 등반을 리드했다.

특히 엄 대장의 음식 솜씨는 일류 요리사 못지않았다. 원정 기간 내내 엄 대장은 산악 초년생들에게 영양과 오감을 만족시킨 음식을 만들어 먹이며 어머니처럼 따뜻하고 포근한 분위기를 만들었다.

알프스 3대북벽(대장 문종국), K2, 장애인 7대륙 완성 14좌 도전, 마나슬루 안나푸르나(대장 김홍빈) 등 직·간접적으로 참여한 원정 중에 내가 산악인으로 자부심을 느낄 수 있게 해 준 경우가 또 있다.

2005년 낭가파르밧 루팔 벽 원정대 단장으로 격려차 베이스캠프까지 대원들과 동행하게 되었다. 시즌 첫 원정대라 겨울이 지나고 눈사태가 많이 나 사람이 차량을 밀고 가기도 하고 눈밭을 헤치고 가로질러 루팔 벽이 올려다 보이는 평원에 베이스캠프를 설치했다.

안전한 등반을 위한 산신제를 모신 다음 날 같이 간 트레킹단과 함께 배웅하는 대원들을 뒤로하고 하산을 하는데 나도 모르게 손으로 눈물을 훔치고 있었다. 왠지 대원들을 사지로 몰아넣고 혼자 내려오는 것 같은 기분이었다. 아들을 전쟁터로 보내는 아비의 마음이랄까. 국내에 들어와서도 하루하루 베이스와 교신하며 대원들의 상태를 체크하고 그들의 무사 귀환을 빌었다.

4개월여의 긴 기간 동안 루팔 벽과 사투 끝에 성공적으로 등정을 마치고 국내까지 무사 귀환한 대원들의 얼굴을 마주했을 때 비로소 긴장이 풀렸다. 왠지 내가 모든 것을 가진 것 같은 착각을 느끼며 한동안 들뜬 기분에 취해 있었다. 나도 원정대의 일부가 되어 있다는 자부심을 마음껏 느꼈던 때였다.

하지만 이 원정에서 등정한 대원이 2년 뒤 에베레스트에서 사고를 당해 유명을 달리했을 때는 말할 수 없는 슬픔과 고통이 서려 왔다. 더군다나 그 대원은 마지막 원정을 가기 전 나에게 "단장님, 평소에 항상 고마웠습니다."라는 쪽지와 함께 신발을 선물했다. 그 모습이 떠올라 나의 슬픔과 고통은 더욱더 컸다. 이후 그 대원의 기일에 무등산에 올라 제사를 지내는 것이 나에게 매우 중요한 연중행사가 되었다.

독일의 등반가 라인홀트 메스너는 히말라야 8,000미터 거봉에 오를 때의 절망감을 '검은 고독'으로, 정상에 선 뒤 찾아오는 외로움을 '흰 고독'으로 표현했다. 1978년 낭가파르밧를 알파인 스타일로 홀로 등반한 뒤 쓴 『낭가파르밧 단독행』에는 수직의 절벽과 거친 날씨, 체력의 한계 속에서 절대 고독과 마주한 알피니스트의 심경이 고스란히 담겨 있다. 그는 마의 산에서 고독과 직면하며 새로운 자신을 얻게 되었다고 토로한다. 메스너가 오른 것은 산이 아니라 자기 자신이었던 것 같다.

엄 대장은 1985년 에베레스트 원정을 시작으로 고산 등반에 도전한 이래 지난 2000년 아시아 최초로 히말라야 8,000미터급 14좌를 완등하고 로체샤르와 얄룽캉을 더해 세계 최초로 16좌에 모두 올랐다. 신들의 영역, 죽음의 지대를 모두 넘어서는 과정에서 엄 대장은 "내 육신의 모든 열정과 까마득한 절망을 피켈로 찍어 가며 희박한 공기 속에 펼쳐진 생사의 경계를 넘나들어야 했다."고 회고했다. 그가 털어놓는 체험담 속에는 그동안 수없이 마주해야 했던 절망과 고독의 깊이가 묻어난다.

엄 대장의 도전이 항상 성공적이었던 것은 아니다. 히말라야 8,000미터 봉에 38차례 도전해 절반가량인 20차례 성공하고 나머지는 실패했다. 깎아지른 빙벽, 생사의 기로에서 하얀 고독, 죽음의 공포와 싸우며 지새운 밤도 부지기수였을 것이다. 굳이 중국의 문호 루쉰(魯迅)이 설파한 "세상에 분투 없이 열리는 길은 없다."는 아포리즘을 떠올리지 않아도 그가 겪었을 어려움과 난관은 짐작이 가고도 남는다. 하지만 1프로라도 성공 가능성이 보이면 주저하지 않았다. 정상을 불과 몇 백 미터 눈앞에 두고 대원들의 안전을 위해 과감히 후퇴하기도 했다.

그래서 붙여진 별명이 '탱크'다. 때로는 그 앞에 히말라야니, 인간이니, 작은 등의 또 다른 수식어가 붙기도 하지만 탱크만은 항상 그대로다. 목표가 정해지면 뒤돌아보지 않고 밀어붙이는 결단력과 저돌성, 항상 선두 그룹에 서서 리드하는 등반 스타일 때문에 생겨난 애칭이다.

빙설 벽과 암릉을 오르는 그의 모습은 마치 지칠 줄 모르는 기관차와도 같아 그보다 훨씬 젊은 후배 산악인들이 혀를 내두를 정도다. 그 바탕에는 산을 향한 열정이 있기에 가능하지 않은가 싶다.

누군가 기쁨도 눈물 근처에 있다고 말했다. 히말라야 고봉 완등 과정에서 엄 대장도 후배 6명과 셰르파 4명을 잃어야 했고, 2005년에는 휴먼원정대를 이끌고 에베레스트에 가서 고 박무택 대원 등의 시신을 수습하기도 했다. 그들의 희생을 엄 대장은 결코 잊을 수 없을 것이다. 그동안 산에 오르며 받은 헤아릴 수 없는 은혜를 되갚는 일을 제2의 인생 목표로 삼고 자연 사랑, 인간 사랑, 꿈과 희망, 불굴의 도전 정신을 전파하는 데 힘을 쏟고 있다.

2년 전부터 엄홍길은 '엄홍길 휴먼재단'을 설립해 열악하기 짝이 없는 히말라야 오지의 교육, 의료, 환경 개선에 착수했다. 극한 상황 속에서도 히말라야가 자신을 살려 보낸 뜻을 헤아려 실천에 옮기겠다는 각오다. 그 첫 결실이 네팔 쿰부 히말라야의 해발 4,060미터에 위치한 팡보체 마을에 초등학교를 준공한 것이다. 지난해 5월 기공식을 한 이 어린이 배움터는 1986년 엄 대장과 히말라야 등정에 나섰다가 추락사한 셰르파가 살던 마을에 들어선다. 당시 엄 대장은 이곳 어린이들이 학교가 없어 배울 기회조차 갖지 못하는 현실을 지켜본 뒤 때가 되면 학교 건물을 지어 주겠다고 스스로 다짐했다고 한다. 묵은 약속의 실천으로 어린이들에게 희망의 날개를 달아 주는 일을 거침없이 이루어 낸 것이다.

나 또한 희생된 대원들의 뜻이라 여겨 그에 조금이나마 힘을 보탤 수 있어 기쁘다.

네팔의 수도 카트만두에서 32킬로미터 떨어진 농촌 마을 타르푸에

두 번째 초등학교가 들어설 예정이다. 교육 환경이 열악한 산간마을 어린이들에게 가난이 대물림되는 것을 막기 위해 빵을 만드는 기술을 가르치는 학교를 짓기로 한 것이다. 교실 11개짜리 단층 초등학교와 유치원, 놀이터, 마을회관으로 이용할 수 있는 강당도 설립된다고 한다. 이렇게 학교 건립을 시발로 휴먼재단은 네팔의 14개 주에 각각 1개, 수도인 카트만두에는 2개의 휴먼스쿨을 차례로 짓고, 국내 기업 또는 개인의 일대일 멘토링 지원까지 이끌어 내 그곳 아이들이 더 큰 꿈을 꿀 수 있도록 도와주겠다는 계획을 가지고 있다. 네팔의 미래를 열어 갈 인재를 양성하는 거대 프로젝트인 것이다.

네팔에는 엄 대장을 부르는 또 다른 별칭이 있다. '엄싸부'가 그것이다. 셰르파들의 문화를 존중하고 인격적으로 대우하는 엄 대장에 대한 존경이 담긴 표현이다.

엄 대장은 휴먼재단을 통해 히말라야 등반 과정에서 직접 체감한 지구온난화와 환경 파괴의 심각성에 대해서도 적극 알려 나가고 있다. 급속한 온난화로 히말라야 고봉의 눈과 빙하가 빠르게 녹아내리는 모습을 온몸으로 체험한 그가 '기후변화의 나팔수'를 자청하고 나선 것이다.

아울러 정신적으로 나약해져 가는 우리나라 청소년들이 지친 심신을 가다듬고 단련할 수 있도록 자연과 산악을 경험하는 기회를 가능한 한 많이 만들어 나갈 계획이다. 한 번이라도 히말라야에 다녀온 사람이라면 '제2의 고향'인 히말라야 오지의 주민들을 돕고 자연을 보호하는

'민간외교관'이자 '환경운동가'로서 도전에 나선 엄 대장의 행보를 주목하며 박수를 보낼 수밖에 없을 것이다.

산악계는 물론 기업이나 국가적으로도 절실하게 관심이 필요하다. 희망을 함께하면 우리 모두 더 높이 더 멀리 날 수 있기 때문이다.

엄 대장의 진한 동료애와 열정이 항상 함께하길 기원한다.

저자 약력

1960년	경상남도 고성에서 출생.
1988년	가을, 에베레스트(네팔 · 8,848미터) 등정.
1989년	9월 체육훈장 거상장 수상.
1993년	가을, 초오유(중국 티베트 · 8,201미터) 등정.
	가을, 시샤팡마(중국 티베트 · 8,027미터) 등정.
1995년	봄, 마칼루(네팔 · 8,463미터) 등정.
	여름, 브로드피크(파키스탄 · 8,047미터) 한국 초등정.
	가을, 로체(네팔 · 8,516미터) 등정.
1996년	봄, 다울라기리(네팔 · 8,167미터) 등정.
	4월 체육훈장 맹호장 수상.
	가을, 마나슬루(네팔 · 8,163미터) 등정.
	12월 한국대학 산악연맹 올해의 산악인상 수상.
1997년	여름, 가셔브룸 I (파키스탄 · 8,068미터) 등정.
	가셔브룸 II(파키스탄 · 8,035미터) 등정.

1999년	봄, 안나푸르나 I (네팔 · 8,091미터) 등정.
	여름, 낭가파르밧(파키스탄 · 8,125미터) 등정.
2000년	봄, 칸첸중가(네팔 · 8,586미터).
	여름, K2(파키스탄 · 8,611미터) 등정.
	세계 8번째, 아시아 최초 히말라야 8,000미터 14좌 완등.
	12월 한국 유네스코 서울협회 올해의 인물 선정상 수상.
2001년	봄, 로체(네팔 · 8,516미터).
	가을, 시샤팡마(중국 티베트 · 8,027미터) 등정.
	9월 대한민국 산악대상 수상.
	10월 체육훈장 청룡장 수상.
	플랜인터내셔널 한국위원회 홍보대사 임명. 현재까지 활동 중.
2002년	봄, 에베레스트(네팔 · 8,850미터) 등정.
	9월 해군을 빛낸 예비역 선정상 수상.
	한국청소년문화원 홍보대사 임명. 현재까지 활동 중.

2003년	봄, 에베레스트(중국 티베트 · 8,850미터) 등정.
	8월 로얄 샬루트 50년 탄생기념 장인상 수상.
	(사)한국올림픽참피온클럽 홍보대사 임명. 현재까지 활동 중.
2004년	봄, 얄룽캉(네팔 · 8,505미터) 등정.
2005년	한양대학교 최고엔터테인먼트 과정 수료.
	봄, 에베레스트(중국 티베트) 휴먼원정대 등반.
	9월 한국산악회 창립60주년 황금 피켈상 수상.
	12월 환경재단 2005 세상을 밝게 만든 100인 선정상 수상.
2006년	한국외국어대학교 중국어과 졸업.
	한국외국어대학교 · 의정부시 홍보대사 임명. 현재까지 활동 중.
2007년	봄, 로체샤르(네팔 · 8,400미터) 등정.
	세계 최초 히말라야 8,000미터 16좌 완등.
	11월 2007 파라다이스 특별공로상 수상.
	12월 아레나-아우디 공동제정 2007 A-어워드 카리스마상 수상.

기상청 · 부산교육청 홍보대사 임명. 현재까지 활동 중.

2008년 한국외국어대학원 체육교육학과 석사 이수.

2008 함평세계나비 · 곤충엑스포 홍보대사 임명.

2월 2008 한국외국어대학교 CHALLENG상 수상.

아시아기자협회 홍보대사 임명. 현재까지 활동 중.

2009년 한국토지공사 · 2010 춘천월드레저총회 및 경기대회 홍보대사 임명. 현재까지 활동 중.

2010년 경희대학교 체육대학원 박사 과정.

4월 제10회 4 · 19 문화상 수상.

현재 재단법인 엄홍길휴먼재단 상임이사, 상명대학교 석좌교수, (주)밀레 홍보팀 상무이사, 사단법인 대한산악연맹 대외협력위원장을 역임하고 있다.

오직 희망만을 말하라

1판 1쇄 발행 2010년 5월 10일
1판 4쇄 발행 2019년 1월 10일

지 은 이 엄홍길
펴 낸 이 신혜경
펴 낸 곳 마음의숲

대 표 권대웅
주 간 이효선
편 집 송희영
디 자 인 임정현
마 케 팅 노근수 허경아

출판등록 2006년 8월 1일(제2006-000159호)
주 소 서울시 마포구 동교로 144-13(서교동 463-32, 2층)
전 화 (02) 322-3164-5 팩스 (02) 322-3166
이 메 일 maumsup@naver.com
인스타그램 instagram.com/maumsup
용지 신승지류유통(주) 인쇄 · 제본 스크린그래픽

ISBN 978-89-92783-31-6 (03810)

이 책의 판매 금액의 1%는 구매하신 분의 희망을 담아 〈엄홍길 휴먼스쿨〉 건립 기금으로 보내집니다.